新米駐在官　狙われた海底ケーブル

武山昭三

あらすじ

徳之島警察署年頭会議で署長より「日本政府が奄美大島瀬戸内町にミサイル基地を建設し運用を開始したと発表した、ミサイル基地に近い徳之島に某大国の諜報員が潜入して来る事が予想される、諜報員が凶器を使用してきた場合は拳銃の使用を許可する」との訓辞を聞いた新米駐在官の斉藤は緊張した。民宿に宿泊している海洋研究者二人が海底ケーブル陸揚げ室前辺りの海底を探索しているのに疑念を持つ。海洋調査に行く時に黒い箱を持ち出し、帰る時に箱は無く、程なく海洋研究者二人は大学に帰り又来島するとの情報を得た。数ヶ月後斎藤達は徳之島空港で海洋研究者達が来島したのを目撃した、今回の来島目的は何なのだろうか？　と疑念を抱く。

目次

第一章　新米警察官　ミサイル基地

赤く灯る電気浮きが暗い波間に漂っている「今夜は潮が悪いのか当たりがないな」独り言を呟いた時「バシャ」何かが浮き上がる様な微かな音を聞き逃さなかった。

此の男　斎藤隆志　二〇十七年三月に鹿児島大学法学部を卒業して親友の小林一郎と共に鹿児島県警に採用された。人懐っこさを感じさせる丸顔ながら眼光には鋭さが有る。

警察学校で教育訓練を受けた後十一月末に斎藤は徳之島警察署花徳駐在所に小林は内勤の指令部に配属されて間もない。

確かに何かが浮き上がる様な微かな音がした、体が自然と反応するかの様に顔を沖の方に向けたが暗い海面には何も見えない。

視線を電気浮きに戻そうとした時沖の方でライトが一瞬光り船影が浮かんだ様に見えたが直ぐに消えた「気のせいかな？」呟いた時右手に持つ竿に強い反応が有り電気浮きが海中に引き込まれた。

思い切りシャクルと確かな手応えだ。

「福村さん何かきましたよ」

隣で竿を出している福村さんに呼びかけた。

「竿を立てて早く引き上げて、珊瑚礁の穴に潜りこまれたら糸が切られる」

福村さんがタモを持ち懐中電燈で足元を照らしながら斎藤の傍に来た、やがてチヌが浮き上がり
福村さんがタモで掬い上げると夜光虫が青白く光った。

「今夜は夜光虫が多い様だな、それにしても大きなチヌだ煮付けると美味しいぞ」

懐中電灯で照らされたチヌの口から釣り針を抜きチヌをクーラーボックスに入れた。

福村さんは竿を置いた場所に戻り餌を付け替えて投げ入れ電気浮きを立たせた、斎藤も同じ様に新しい餌に付け替えて投げ入れると電気浮きが暗い波間に漂いだした。

再びライトが微かに光った沖の方に顔を向けたが暗闇の海面には何も見えない、遥か水平線の彼方に加計呂麻島が薄黒く浮かんで見えるのみだ。

やはり薄く光ったのは夜光虫だったのか？　左側に体を回すと理久湾の向こう側に天城山が黒々と鎮座している。

目を細めて凝視していると船影らしき薄い影が珊瑚礁の内海に突き出している地元の人達が普段

から「フサナキ」と呼ぶ岩山に隠れた。

「福村さんあの辺りで釣りや潜り漁をする人達はいるんですか？」何かが浮き上がる様なな微かな音がした沖の方を指で指して聞いてみた。

「あの辺は水深が深く釣りや潜り漁をする人はいないよ、何か見えたかね」

福村さんには何かが浮き上がる様な微かな音は聞こえなかった様だ、やはり何かが浮き上がる様な微かな音を聞き逃さなかったのは斎藤の職業に対する責任感からくるものだろう。

年明け早々駐在所の近所に住む福村さんから夜釣りに誘われた。

福村さんは地元の酒造会社で定年迄働き今は年金を貰い農業に精を出しているなどと駐在所に着任した時に聞いている。

金曜日夜八時頃に潮が引き花時名漁港沖の両側に有る珊瑚礁のリーフが姿を現し花時名湾を形成している、二人は沖合に伸びる珊瑚礁の釣り場に来て竿を出していた。

「今夜は潮が悪いな、そろそろ帰ろうか」

福村さんが斎藤に声を掛けた、干潮から満ち潮に変わって来ている、満潮になれば珊瑚礁が海に沈むからだ。

湾の向こうに潮が引くと周りを珊瑚礁のリーフに囲まれ地元の人達が「イノナ」と呼ぶ内海が広がりを見せる、内海で動いていた五ッ程の漁り灯も陸地に向かい移動を始めていた。

内海には蛸や小魚が多く住み着き干潮になり潮が引くと内海は絶好の漁り場になり多くの人達が訪れる。

今夜の干潮時刻は午後九時頃で既に時刻は十一時を過ぎていた、今夜の釣果は福村さんが釣り上げた赤い魚二尾と斎藤が釣り上げたチヌ一尾のみだ、二人は懐中電灯で足元を照らし駐車場に向かった。

福村さんが運転する軽乗用車は県道に出て右折して花徳に向かい走り出した、エアコンから噴き出してくる暖かい風が冷えた体を温めてくれる、さすがにこの時刻すれ違う車は無い、ラジオからリスナー達のリクエスト曲などをアナウンサーが紹介したりしていた。

やがて車は緩やかな峠を越え下り始めた、右側に民宿「理久の浜」が有る、斎藤はまだ此の民宿の住民確認訪問は実施していない。

民宿に目を向けると最近増築したと思われる棟の窓に明かりが灯っていた。

「まだお客様は起きているのかな？」

水平線に視線を移すと加計呂麻島が黒く横たわり微かに見える。

「明日婆ちゃんに此のチヌ煮付けさせて届けるよ」

と福村さんは言い駐在所の前で車を止めた。

「それは楽しみですね、今日は有難うございました」

斎藤はお礼を言い車から降りて福村さんを見送り駐在所の中に入った。


薄茶色に日焼けした角ばった顔、短く刈り上げた頭、一見漁師を思わせる風貌ながら民宿を営んでいる社長が二人の男を一瞥し眉間に皺をよせ。

「何故飛行機で来なかったんですか？」

がっしりとした体格をしている二人の男に飛行機で来島しなかった理由を問い正した、まさか潜水艦で来るとは想像もしていなかったのだろう。

此の二人の男は先程花時名漁港の遥か沖合で潜水艦から民宿が所有している白いクルーザーに乗り移り民宿「理久の浜」に新しく増築された棟に案内されていた。

二人共短く刈り上げた頭に浅黒い顔をしている、年齢は三十五歳位らいか？　此の二人は神奈川県に有る大学に籍を置き海洋研究を行いながら某大国からの指示で諜報活動を行う諜報員AとB、諜報員達はお互いに本名を名乗る事も無い。

此の大学は某大国の大学と提携を結び学生や研究者達の交流も多い、当然学生や研究者達の中に紛れ込んで諜報活動を行う者達もいる、今回も学生達が海洋調査目的で漁船を借り受け自ら操船して此の諜報員二人を神奈川県の沖合に待機していた小型潜水艦迄送り届けていた。

民宿の社長は諜報員ではないが某大国の大学に留学していた時経済的な苦境に追い込まれ退学寸前のところを担当教授の計らいで大学に残る事ができ卒業できたいきさつが有る。

その際の恩義から諜報員達の活動を支援する任務を引き受ける羽目になっていた。

「日本政府が奄美大島瀬戸内町にミサイル基地を建設し運用を開始すると発表してから、奄美群島行き飛行機の手荷物検査が厳重になり監視カメラでの監視体制が強化されているとの情報が届いた、本部から鹿児島空港経由での潜入を変更して小型潜水艦で潜入する様にとの指示を受けた」

諜報員Aが本部からの指示で変更したいきさつを述べ、更に鞄を開けて中の物を見せ。

「この様な物を手荷物扱いか宅配便で送る訳けにもいかない」

と言い訳をして機器類を鞄から取り出し食卓の上に並べた。

社長が機器類を取り持ち上げるとズシリと重い、これなら手荷物検査で引っ掛かる恐れが有る。

「此の機器類は何ですか？」

「盗聴器です、海底ケーブルの中継器に取り付けて情報を抜き取る装置です」

諜報員Aが社長の顔を見ながら答えた。

「盗聴器で情報を抜き取る？　どの様にしてどんな情報を抜き取るんですか？」

社長は怪訝な表情をして盗聴器を元の場所に戻した。

「どんな情報をどんな方法で抜き取るか私達には解りません、私達は盗聴器を取り付けて回収して本部に渡すだけです、後は本部で解析する事になります」

この様に言い別の鞄を開けるとなんと拳銃が入っているのを見て社長が驚いた。

「まさかこの様な物騒な物を使用するつもりではないだろうな、この様な物をどうして持ち込んできたのですか？　本部が許可したのですか？」

社長が眉間に皺を寄せ厳しい声を出した。

「本部の許可は取ってあります、ただ相手を殺傷したりする事は厳しく禁じられています。万が一の威嚇に使用する為で弾は全て訓練用の空砲です、それに私達は今まで人に危害を加えたりした事はありません」

諜報員Aは社長の心配を取り除く様に空砲も全て食卓の上に広げて見せた。

此の新築の棟はリモートワークなどをする長期滞在様用に造られ十畳のキッチンに冷蔵庫や大きなテーブルに椅子等が置かれている。

「寝室は右側の部屋に二段ベットが有ります、食事は真ん中の棟の食堂かここで取るかになります、風呂場は食堂の横に有りシャワーも完備しています。作戦室は奥の部屋を使用してください、もちろん外部からは見えないし防音壁になっています。長期の貸し切りとして従業員には寝室とキッチン以外の部屋にの入室を禁止しておきます」

社長は間取りや生活様式などを入念に説明し終えると厳しい表情で盗聴器や拳銃を見つめていたが作戦室に備え付けて有る貸金庫に仕舞う様に促した。

「本部との連絡用パソコンは有りますか？」

諜報員Bが社長に顔を向けた、本部との連絡は全てパソコンで行う事になっているからだ。

「作戦室のデスクの上に置いて有ります、そのパソコンを使用してください」

社長は顎をパソコンにシャクリ作戦室の鍵を渡した。

そこに女将が熱燗に炙ったスルメやお菓子を持って来て社長の横に腰を下ろした。

「女将で妻だ」社長は簡単に女将でもある妻を紹介した。

女将は細面の顔、ショートカットの髪に薄いパーマを当て優しそうな感じがする、諜報員の活動を支援する面影など微塵も感じられないごく普通の女性の姿だ。

「疲れたでしょう熱燗をどうぞ」

女将が三人に御猪口を渡して熱燗を注いだ。

熱燗を飲み干すと熱燗が胃に浸み込み冷えた体を温めてくれる、そこにはごく普通の女将の姿を垣間見せていた。

社長と女将が外に出て夜空を見上げると、夜更けの空に天の川が流れ満点の星が青く瞬いている、二人は首をすくめ寝室に入った。

起立　敬礼　着席　号令下徳之島警察署署長の訓辞で二〇十八年度初めての会議が始まった。

「諸君も承知の様に近年某大国は目覚ましい経済発展に伴い軍事力を強化して西太平洋を支配下に

おこうとしている、西太平洋を支配する為には第一列島線と呼ばれている九州鹿児島から連なる奄美群島、沖縄群島を突破する必要がある。政府は此れを阻止する為に奄美大島瀬戸内町にミサイル防衛基地を建設し運用を開始した。それに伴い県警本部より今後某大国の諜報員の活動が活発になる事が予想される。地理的にミサイル基地が建設されている瀬戸内町に近い徳之島は人口も多く諜報員が紛れ込んでくる事が予想される。警察署管内において不審船や不審者に十分警戒するようにとの通達が本部より出た。各地の駐在官は管内の空き家や民宿を重点に巡回し異常が有れば速やかに報告する事。特に新たに開業した民宿を重点に巡回して異常があれば速やかに報告する様に、何か質問は？」

　言い終えると署長は一同を見回した。

　年末、徳之島警察署花徳駐在所に配属されて間もない斎藤は初めての署会議に出席し緊張気味に署長の訓辞を聞いていた。

　斎藤の後ろの席に着席していた駐在官が

「諜報員は武器を持っていると予想されますが、もし武器を使用してきた場合にはどの様に対処すれば良いですか？」

緊張気味質問した。

此の駐在官は隣の町内を管轄している、島内は穏やかでせいぜい酔っぱらいの喧嘩程度で武器を必要とする事など皆無だ、しかし相手が諜報員だと万が一の時に備えて確認を求めたのだろう。

「相手が明らかに諜報員と認識できなおかつ武器を使用してきた場合は拳銃の使用を許可する、但し拳銃の使用基準に基く事、緊急時以外は応援の到着を待つ様に、単独行動は厳に慎む事、他に質問は？」他に質問は無く、起立　敬礼　解散。

斎藤は大学の同期で指令部に配属されている小林と共に一階に下りた、小林とは小林が種子島の県立高校剣道部に在籍していた時県大会で何回か対戦していた間柄だ。

斎藤は鹿児島大学法学部に進学し、同じく小林も鹿児島大学法学部に進学してきて共に剣道部で苦楽を共にしてきた。

体格は斎藤と同じ位で細面の顔をしている、普段は無口だがやや理屈っぽい性格が有り喋り出すと止まらないところが有る。

「小林、奄美群島の地図を出してきてくれるか、瀬戸内町の地理的情報が知りたい」

「了解」小林は書庫より奄美群島の地図を出して来てテーブルに広げた。

奄美群島は第一列島線と呼ばれている中間地点に島が点在している、日本本土に向かい右側が太平洋になり左側が東シナ海になっているのが解る。

其処に先程武器の使用に付いて質問していた駐在官が来て地図を覗いた、肩幅が広くがっしりとした体格をしている。

斎藤は顔を上げて会釈した、着任間もない為名前は解らない、隣町の駐在官で有る事は先の質問時に聞いていた、小林も同じだ。

年齢は斎藤より少し上か？

「年末に花徳駐在所に配属された斎藤隆志です」

「内勤の指令部に配属された小林一郎です」

二人が自己紹介を終えると。

「松原駐在所の有馬達雄です宜しく、君達は何処の大学出身？」

二人に出身大学名を聞いてきた。

「鹿児島大学です、昨年卒業しました」

斎藤が出身校を答えると

「なんだ俺の三年後輩か、部活は何部？」

「小林と剣道部に居ました」

「剣道部か、それで顔が解らなかったのか、俺は柔道部だ」

「先輩でしたか、宜しくお願いします」

同じ大学出身と解ると何処となく親近感が湧くものだ。

部活の事などを話した後地図に目を移した。

鹿児島から台湾迄島が連なっているのが解る、某大国が太平洋に出る場合此の海峡を通る事になる、奄美大島瀬戸内町に建設されたミサイル基地はかなりの抑止力になる事は間違いない。

「改めて地図を見ると某大国が太平洋に出る場合奄美大島と徳之島の此の海峡を通るのが最適だろうな」

有馬先輩が海峡を指で辿り呟いた。

「先程、署長よりお話が出た瀬戸内町はどの当たりだろうか？　小林、奄美大島の詳細な地図は有るか？」

小林が書庫より奄美大島の詳細な地図を探してきて広げた。

徳之島より本土方面を見ると正面に加計呂麻島が有り大島海峡を挟んで奄美大島瀬戸内町が有る、此の大島海峡は海岸線が複雑に入れ込んでいて天然の軍港に適しているのが解る、周囲を山で囲まれた瀬戸内町はミサイル基地に適しているのだろう。

「徳之島から小型船でも充分に往復出来る距離の様だな、徳之島に潜入してホテルや民宿に滞在し、情報を収集する事は充分有り得る事だ」

有馬先輩が徳之島から大島海峡を指で辿りながら指摘した。

いつの間にか他の駐在官や署員達が来て地図を覗き込んでいる。

「松原駐在所に戻るか、斎藤に小林、休日に松原駐在所迄遊びに来いよ、空港も近くでいい所だぞ、斎藤同じ方向だな行こうか」

二人は単車に跨り亀津の街に下った。

亀津は徳之島行政の中心地でビジネスホテルやコンビニ、ファミリーレストランなどが有り離島を感じさせない、有馬先輩の後に続き亀津街に出て徳之島を周回する県道に出た。

右手に見える海は風が有るのか珊瑚礁のリーフに白い波しぶきを立てている、港の岸壁に大型フェリーが接岸しようとしていた。

少し急な坂道を登ると民家が途絶え両側に砂糖キビ畑が広がりを見せている、製糖時期を迎えているのか砂糖キビを満載したトラック数台が製糖工場に入って行くのが見えた。

製糖工場の前を通り過ぎて進むと島内で一番高い標高六四四メートルの井ノ川岳が緩やかに裾野を広げ麓に井ノ川集落が点在している、此の集落には昭和三十年代に活躍した相撲界の横綱［朝潮］の生家が在る。

井ノ川集落を過ぎ、峠を下ると母間集落に入る、両側に民家が連なり伸びている、沖合に珊瑚礁のリーフが有り干潮時なの内海を形成していた。

母間集落を過ぎ緩やかな峠を登り切った所に［花時名展望台］と書かれた看板が有る、有馬先輩が小さな駐車場に単車を止めて展望台に登って行く、斎藤も後に続いた。

正面の水平線に加計呂麻島が西陽を受けくっきりと横たわっている、下に視線を移すと右側に［カマチェ浜］が有り、黒い岩山を挟んで理久の砂浜が広がりを見せている、少し沖に白いクルーザーが係留されていた。

「先輩瀬戸内町はあの島の向こう側になるのですか？」

斎藤が加計呂麻島を指さしながら聞いた。

「そうなるな、此処からだと充分に日帰り出来る距離だ、斎藤其処の民宿訪問した事が有るのか？　俺が着任して間もない頃所用で前を通った時新しい棟を増築中だった」

有馬先輩が住民確認訪問を実施したかと聞いた。

「未だ訪問していませんが、あのクルーザーは民宿の所有でしょうか？」

「多分民宿の所有だと思う釣り客も多いのだろうな」

民宿の所有にしては少し豪華過ぎる気がしないでもない。

二人は展望台を下り単車に跨り下った。

斎藤は右手の木間旺の林の中に有る煉瓦造りの「赤い小屋」を見て何の小屋だろうか？　と思いながら東天城中学校を左手に見て橋を渡り緩やかな峠を越え花徳駐在所の前で停車した。

「先輩お茶でも飲んでいきませんか、聞きたい事も有りますし」

「そうだなー前の駐在官の時も寄らせてもらっていた」

二人は駐在所に入った。斎藤はヤカンに水を入れガスコンロに置き点火した。

「前の駐在官はどんな方でした？」

「小学一年生のお嬢ちゃんが居て、奥さんも優しそうな方だったな、駐在官は気さくな方で釣りが趣味らしく何回か誘われて一緒に出かけたりしていたよ、確か県警本部に移動になったはずだ」

　有馬先輩が前任者の事を教えてくれた。

「先輩、コーヒーに砂糖とミルク入れますか？」

「俺はブラックでいいよ」

　二人はコーヒーをすすりながら
「先輩、署長から拳銃の使用許可がおりましたが、本当に拳銃を使用する様な事が起きると思いますか？」

　斎藤は拳銃の使用に付いて緊張気味に聞いた。

「まさかその様な事態が起こるとは思わないけど、以前聞いた話によると日本の近海に現れた北の国の不審船を日本の巡視船が数日間に渡り追跡していた、其処の東シナ海で不審船から機関銃で攻撃を受けた為に応戦して北の国の不審船を撃沈する事件が有ったらしい、諜報員となると当然武器は携帯していると思い念の為に確認した」

　有馬先輩も又緊張気味にこの様な事件が有ったと言い斎藤の顔を見た。

　そこへ近所に住むオジサンとオバサンが鍋を手に下げて。

「駐在さん居なさるかね」

声をかけて入って来た。茶色に日焼けした顔色に逞しく生きてきた年輪を感じさせるものが有る。

年明け早々に斎藤を夜釣りに誘ってくれた福村明生さんヨシエさん夫婦だ。

「松原の駐在さんも来ていたのかね、一諸に食べて下さい」

と言い鍋を置いた。有馬先輩とも顔みしりの様だ。

「東京から帰省されていた息子さん達は？」

斎藤が尋ねると昨日東京に帰ったと言う。

「じゃー又寂しくなるね」

「定年になれば帰ると言ってくれてはいるけどね、まあどうなるかねー」

と言い外に出て行った。元気な内に息子さん夫婦が帰るのを待ち望んでいるのだろう。

鍋にはお雑煮がたっぷりと入っている、少し温めて有馬先輩と小腹を満たした。

「福村さんにはちょこちょこと夕ご飯などを御馳走になったりしているんですよ」

「島の人達は親切だからな、そろそろ勤務地に戻るか」

有馬先輩は単車に跨り県道に出て走り去って行った。

斎藤は福村さん宅に行き鍋を返して単車に跨り今日巡回を予定していた管轄の一番外れに有る轟木集落に向かい単車を走らせた。

県道を進むとやがて三叉路になる、右側に進み海岸沿いに出て岬を左に曲がると徳之島空港や松原駐在所に通じる、斎藤は左側に単車を進めた。

直線道路の両側に砂糖キビ畑が広がり製糖時期を迎えている為砂糖キビをナタで根元から切り一・五メートル位に切揃え束にして積み上げて有る。

「精が出ますね」声を掛けて通り過ぎて行く。

「花徳駐在所応答願います」

突然無線の呼び掛けを受けた、小林の声だ。

「花徳駐在所、斎藤ですどうぞ」

「上花徳の池川さんから救助の要請を受けた、耕運機の下敷きになり動けないらしい、至急急行されたし。どうぞ」

「此の地区には池川さんが三軒有りますが、どの池川さんですか？　どうぞ」

「坂道を登り切った所に大きなガジュマルの木が有る横の池川さんです」

「了解直ちに向かいます」応答を終えると単車をＵターンさせ現場に急行した。

　上花徳は県道より海岸沿いの高台に集落が広がり民家が固まっている地区だ。斎藤は県道を左に折れ坂道に入りアクセルをふかし直進して行くと大きなガジュマルの木が見え腰を曲げたお婆ちゃんが手招きしているのが確認できた。

「お婆ちゃんどうしましたか？」

「駐在さんそこにお爺ちゃんが」

　震えながら指さした。斎藤がのぞくと一メートル位下の砂糖キビ畑に耕運機が横倒れになり落ちていてお爺ちゃんが下敷きになり身動きが取れない状態でいた。斎藤が畑に飛び降りるとお爺ちゃんが苦しそうな表情をしていた。

「大丈夫ですか？」声を掛け耕運機を持ち上げたが余り上がらない、車輪と台車を持ち渾身の力で持ち上げると隙間が出来たのかお爺ちゃんが這い出て来た、斎藤はお爺ちゃんを抱えて座らせた。

「歩けますか、救急車を呼びましょうか？」

　足をさすりながら容態を確認した、それ程痛みは無い様だ、お爺ちゃんが立ち上がりキビ畑の畝を十メートル位歩いて引き返して来た、横でお婆ちゃんが心配そうに佇んでいる。

「駐在さん大丈夫です、痛みも有りません」

ちょうど砂糖キビがクッションになり衝撃を受け止めた様だ。

「良かったですね、後で痛みが出たりしますから今日はお仕事を休んだら」

斎藤は無理をしない方がいいと言い、二人で耕運機を起こしてエンジンを掛けるとポンポンポンと黒い煙を吐き出した。

耕運機を横の小道に出して庭に戻した。

お爺ちゃんに畑に落ちたいきさつを聞くと耕運機でジャガイモ畑に行こうとして庭を出た下り坂で猫が飛び出てきて横切った、慌ててハンドルを左側に切った所バランスを崩して転落したと説明してくれた。

「駐在さん有難う御座いました」

お婆ちゃんが手を合わせながらお礼を述べた。

「大事にいたらなくて良かったです、後で痛みが出たりしたら救急車を呼んで下さい」

と注意して指令部に無線を入れた。

「こちら花徳駐在所です、どうぞ」

「指令部、池川さんの状況は？　どうぞ」

「今救助が終わりました、耕運機の下敷きになっていましたが幸い砂糖キビがクッションになったらしくて怪我も無く救急車を呼ばなくていいとの事です、どうぞ」

「指令部了解」


早朝七時三十分斎藤は通学生を見守る為県道に出て当たりを見まわしていた、今日から学校が始まる。

左手の川沿いに花徳小学校が有る、生徒数はそれ程多くはないが駐在所の近辺からも七名程が通学している。右手の峠を下り橋を渡ると東天城中学校が有る、生徒達が三、二、五「お早う御座います」挨拶をして通り過ぎて行く。

製糖時期の為朝早くからトラックの通行も多い、右手の峠から下り坂をスピードを上げて下って来るトラックが有る、斎藤が少し前の方に出ると運転手も斎藤に気付いたのかスピードを落として通り過ぎた。

斎藤が笛を吹きお喋りに夢中らしい男女五名のグループに

「左に寄りなさい」注意すると左側に寄り一列になって通り過ぎた。

右側から小学生七名が旗を持つ高学年生を先頭に

「駐在さんお早う御座います」

元気な声を出し挨拶をして歩いて行く。

「お早う、気を付けてな」声を掛けて見送った。

通学時間も過ぎたかと思っていると二人の中学生が小走りで前を通りながらお辞儀をした。

「気を付けてな」多分寝過ごしたのだろうと思い見送ると、又トラックがスピードを上げて下って来た、斎藤が少し前に出ると警察官に気付いたのかスピードを落とし通り過ぎた、たぶん砂糖キビを積み込みに行くのだろう、そう思ってトラックを見送り駐在所の中に入った。

斎藤はインスタントコーヒーをカップに入れお湯を注ぎ一口飲み、昨日届いた通達を再度読み返した。

それには最近奄美大島近海を周回している大型船の目撃情報が相次いでいる、積載している小型船で諜報員を送り込んでくる事が予想される、巡回を強化する様にとの内容が書き込まれていた。

花徳駐在所が管轄している地域にホテルや旅館は無く宿泊施設は、民宿［理久の浜］だけだ、民宿の前の湾は砂浜が広がり小型船で潜入して来るのに適した地形になっている。

白い大型クルーザーは正面の加計呂麻島を周回してくる能力は備えているだろう、果たして釣り客専用に所有しているのだろうか？　増築している新しい棟も普通の造りでは無い様に思える、諜報員が集落の空き家に住み付き諜報活動をするには目立ち過ぎて避けるだろう、やはりホテルか民宿を利用するはずだ、民宿［理久の浜］を監視する必用が有る、などと考えを巡らせ通達をファイル綴じた
花徳地区の外れに有る轟木集落の巡回に出かけようと単車に跨った数日前耕運機の下敷きになっている所を助け出した池川さん宅に立ち寄った、庭先に入るとお爺ちゃんが耕運機の手入れをしている。斎藤に気付いたのか振り向き。

「あー駐在さんこの前は有難うございました」

日焼けした年輪を感じさせる老顔に笑顔を見せお礼を述べてきた。

「体に痛みは無いですか？」体に異常は無いかと聞くと。

「体は大丈夫ですよ、これから畑に行こうかと思っていたところですがね」

元気な声が帰ってきた。

「痛みがでなくて良かったですね、気を付けて下さい」

そう言い残して坂道を下り県道に出て右に折れて進み三叉路を左に取り轟木集落に単車を進めた。

前方から保育士さんに引率された園児十名程が歩いて来た、斎藤は単車を止めて「お早う」声を掛けると園児達が手を振りニコニコしながら通り過ぎていく、「可愛いな」と呟き、鹿児島市の保育園で保育士として勤務している幼馴染の光代ちゃんも同じ様に園児達を連れてお散歩させたりしているのかな？　その様な事を思い単車に跨り集落に入った、集落の戸数はそれ程多くないが建て替えたと思われる新築の家が多い。

左手に幼稚園が見える、先程の園児達はここからお散歩に出たのだろう、そう思い右手の家の前で単車を止めた。

庭先の奥に有る小屋から大きな牛を出している初老の男性の姿が見えた。

「お早う御座います、年末駐在所に着任した斎藤です、住民確認訪問を実施しています。福本昭一さんですか？」

挨拶をして台帳を広げた。

「駐在さんかね、ご苦労様です」

丁寧な言葉遣いが返ってきた、玄関の戸が開き初老の女性が出てきて会釈し

「家内のスマコです」斎藤に笑顔を向けた。

台帳に目を通し「他に同居されているのは良一さん明子さんに幸一さんですか？」

「息子の家族で良一と明子は仕事に出ています、幸一は中学二年生です」

昭一さんが家族の事を詳しく話してくれた。

斎藤は台帳をたたみ牛に目を移した、牛は丸々と太り短い毛並みが黒光りしていて良くブラシングされているのが解る。

「立派な牛ですね闘牛ですか？」

奄美地方は古くから闘牛が盛んで大きな娯楽産業になっている。

鹿児島に居た頃整備された闘牛場で大勢の観客に見守られ勢子達に誘導された黒光りする巨体の闘牛が、研がれた角を突き合わせぶっかり合う迫力ある闘牛の様子をテレビで見た事が有る。

「闘牛ですよ、今度の春場所に出す予定です、これから近所の川に水浴びに連れて行くところですよ」

と言い、牛の額をブラシで撫で始めると牛は気持ち良さそうに頭を下げ目を細めた、飼い主に懐いているのだろう。

　昭一さんは牛の繹なを取り川に向かった。

　今夜の夕食は肉の野菜炒めと酢の物、味噌汁にしようと思い調理に取り掛かった、食材は鹿児島市の郊外で兼業農家を営む実家から野菜や肉等をオフクロが宅配便で送ってくれる。キャベツに玉ねぎを刻みフライパンで炒めてボールに取り、肉を炒めて先程炒めた野菜をフライパンに戻し焼肉のタレで味付けをして完成。次に大根人参を短冊切りにし、木綿豆腐を角切にして水を張った片手鍋に入れ、味付けの調味料を入れて煮立て味噌を溶いて入れた、味見をするとなかなかいい味だ。

　以前味噌汁を作り味見すると味がなく、オフクロにその事を話すと、調味料を入れたかと聞かれ、味噌だけを溶いて入れたと言うと、鰹節とか調味料を入れないと味は出ないよと笑われた。

　それ以降調味料などを買い揃え、最近は自分好みの味が出せる迄に上達している。モズクの三杯酢を小さなお椀に入れ夕食の準備が出来た、後は晩酌に島の黒糖焼酎をお湯割りにして食卓に置いた。

　此の焼酎は黒糖と米を発酵させて造られ焼酎独特の癖が無く最近好んで飲んでいる。

　テレビのスイッチを入れると民放から流れていたホームドラマの番組が終わり時計の針が午後九

時をさした。

チャンネルをＮＨＫ「ニュースナイン」に切り替えた。斎藤は此の番組でほぼ毎日起きている情報を入手する様にしている。

国会での論戦や、とある町で民家が焼け此処に住んでいる子供を含む四人と連絡が取れないと悲惨な火災現場からの中継映像が流れた

乾燥している冬場は火災が起き易い、各集落の区長さんに火の用心の呼び掛けを強化する様に伝えようと計画を立てた。

海外ニュースでウクライナとロシアの国境地帯で小規模な軍事衝突が頻繁に起こっている、ＮＡＴＯえの加盟を目指しているウクライナの現政権を倒して親ロシア政権を樹立する為に今後ロシアが大規模な軍事行動に出る恐れが有るとニュースキャスターがコメントを出した。

このコメントを聞きながらお湯割りの焼酎を御猪口に注ぎ口に運び何杯か飲む内に体が温まって来た。

学生の頃、二〇十四年にロシアがウクライナのクリミア半島に軍事侵攻してあっと言う間にクリミア半島を制圧し併合してしまった。

核で脅しをかけ他国に軍事侵攻したロシアに対して欧米諸国は黙認するしかなかった。

此のウクライナ問題に付いて学生二十名くらいで討論した事が有る

「もしウクライナがロシアから独立する歳に核ミサイルや核施設の一部を残していたら果たしてロシアはウクライナに軍事侵攻出来たのだろうか？」

小林が核と言う強力な反撃能力を持つ国に果たして軍事侵攻できるだろうか？　少し神経質そうな顔で問いかけた。

「確かに北の小国が核を手にしてしまい米国に対して挑発的な言葉を繰り返してもアメリカが手出し出来ないでいる、その間に核実験を重ねミサイル発射実験を繰り返して一段と核やミサイルの性能を向上させてしまった、核で武装した国に手出しは出来ない一例だろう」

別の学生から核の抑止力が働いているのだろうとの発言が有った。

「ウクライナが独立する歳、ロシア、アメリカ、フランス、イギリスの核保有国がウクライナの安全は保障する事で合意し核を手放し独立したはずだが？」

斎藤はウクライナの独立にそれ程の知識は持ち合わせていないが、ウクライナの安全保障は、ロシア、アメリカ、イギリス、フランスの核保有国により担保されている様な事を何かの本で読んでいた記憶が有る。

　小林が斎藤の言葉に反論する様に。

「ロシアは約束を守る国ではない、相手が弱いと確信したら攻め込んでくる国だ、アメリカやＮＡＴＯを核で脅して参戦してこないと見込みを付けたら必ずクリミヤ半島同様にウクライナに軍事侵攻して併合を試みると思う。先の戦争でも日本が敗戦濃厚とみるや終戦間近かにそれ迄の条約を破り日本に軍事参戦して北方四島を占領してしまった。未だに返還する意志は無い、本能的に南下政策を持つ国だ、その内に北海道もロシアの領土だと主張し侵攻しかねない。日米安保条約が有るとは言えアメリカが参戦するまでには時間がかかる、その間に北海道は破壊しつくされてしまう、やはり日米安保を強化しながら相手国に軍事侵攻を許さない強力な抑止力は持つ必要が有ると思う」

　言い終えると小林は斎藤から司会者に顔を向け天井を仰いだ。

　確かに小林が言う様にロシアは本能的に北海道を併合したいはずだ、ウラジオストクや北方四島に軍隊を集結させ東と西から同時に軍事侵攻されたら北海道は直ぐに制圧されてしまう、日本が降伏したら若い人達の大半はシベリアに連行され、シベリア開発の強制労働に就かされる事になるだろう。

斎藤は学生時代の討論会で理想主義に対して小林の現実を見据えた発言に心が揺れ動いた事を思いだした。

台湾の併合を悲願とする某大国はどう出て来るのだろうか？

台湾は内政問題だ、他国は口出しするなと従来の主張を繰り返し軍事行動に出て一機に台湾を併合してしまうのか？

アメリカはどう動くのか？　自国民を犠牲にしてまで果たして台湾を守るのか？

焼酎のせいか少しほろ酔い気分になってきた。

書庫より東南アジアの地図を取り出して見た、沖縄県の最南端の島は台湾と目と鼻の先だ。

「ますます抑止力としてミサイル基地の重要性は増すと言う事か？」

独り言を呟き夕食を終えた。

第二章　民宿［理久の浜］

女将が郵便受けより取り出した郵便物の中に国際メールが有る、見るとカナダに留学している長男の和彦からだ、夕べ主人と最近和彦から連絡がないがどうしているのだろうか？　等と話していたところだった。

主人はお客様をソテツトンネルが有る金見崎方面に御案内して未だ帰っていない、そろそろお客様八名分の夕食の準備をしなければならない、和彦からの手紙は仕事を終えてから封を開けようと思い机の引き出しに仕舞い込んだ。

厨房では島本さんともう一人の女性が食材を調理台に置き準備を始めている。

夕食の献立は豚肉と大根の角煮、赤魚の煮付けにマグロの刺身や海老の天プラに吸い物などだ、程無く厨房から魚を煮付ける甘い香りが漂いだした。

夕陽が山蔭に隠れるころに社長が運転するマイクロバスが帰って来て駐車場に停車にした女将が出迎え「観光はいかがでしたか？」

お客様の感想を聴きながら二階の客室に御案内し階下におりて来た。

「貴方和彦から手紙が来ているよ、未だ封は開けていないけど写真が入っているみたい」

「和彦から手紙がきた、噂をすればなんとやらか、仕事を終えてからゆっくり読もうよ」こう言い残して長履に履き替えマイクロバスの洗車を始めた。

民宿「理久の浜」の社長は高校時代に将来どの様な職業に就くか考える様になった時、某大国の目覚ましい経済発展に興味を持ち某大国の某大学経済学部に留学した。

しかし三年生に進級した時東京近郊で父親が経営していた鉄工所が経営に行き詰まり倒産した、鉄工所は和男の祖祖父が大陸から日本に来て苦労の末帰化し日本国籍を取得した後に起業したと聞いている、和男は大陸系四世になる、父親の会社が倒産した為実家からの送金も途絶えた。

和男は退学し帰国する事を決意して担当教授に届けたところ、教授の計らいで特待生扱いになり学費や寮費が免除され大学に残る事ができ卒業する事ができたいきさつがある。

その時に卒業後経済情報収集に協力する旨記載された簡単な文書を渡されていたのだが、その時点では諜報活動に協力を要請される事になるとは夢にも思わず大学に残る事が出来る喜びの方が大きかった。

卒業後帰国し外資系金融機関に就職した和男は、短期大学を卒業して同じ会社に就職していた敏子と知り合い二年間の交際を経て二人は結婚し程無く長男和彦を授かっていた。

敏子の実家は熊本県のハイテク企業が集積している工業団地の近郊で民宿［里の家］を経営しハイテク企業に出張して来る人達に良く利用して戴いている。

結婚して間もない頃から和男が勤務している会社に某大学出身だと名乗る人達が訪問して来る様になった、名刺に某大学の教授や研究員の肩書が付いている人達もいる、中には大学時代のゼミで顔見知りになっていた人達もいた、いずれも真面目な社会人の一面を持ち紳士的だ。

いつも話題になるのは大学時代の事や経済動向とか半導体関連の新技術情報などが主で当たり障りの無い話題が多い。

年一回上野公園の中華レストランで同窓会が有る招待状を送るので是非出席する様にと誘われたりした。

和彦を授かって間もない頃に新年会を兼ねた同窓会の案内状が届いた、大学でお世話になった教授が来日していて同窓会に出席するとの添え書きがされている。

同窓会当日和男は教授にお会いできる事を楽しみに会場に急ぎ受け付けを終えて会場に入ると、

既に大勢の人達が丸いテーブルを囲み談笑している。

　大勢の人達が某大学に留学しているのだなと思い、奥の方に視線を移すと初老の人達四名が談笑しているのが目に付いた、白髪混じりの横顔を見て直ぐに懐かしい教授だと直感し小走りに近ずき
「教授、佐藤和男です御無沙汰致しております」深々と頭を下げた
「おお佐藤君か久しぶりだな元気で何よりだ、金融機関で活躍しているらしいな」

　教授は和男を見つめながら目を細めた。

「今有るのも教授のお蔭です」

　和男も又自然と目頭が熱くなるのを覚えた。

「君が出席すると聞いて楽しみにしていたよ、ところで奥さんやベビーは元気か？」

　和男は卒業後も教授に近況を知らせる手紙を書いていた、つい最近も和彦が誕生した事を書き送っている。

「赤ちゃんの夜泣きが続き二人共寝不足が続いています」

「あははー夜泣きか、皆なそうして大きくなって来ているんだよ、今度はよちよち歩く様になると転んで怪我をしないかと心配する様になる、親は何時までたっても子供の心配は無くならないもの

なんだよ」

教授はこんな事を言い、椅子から立ち上がると内ポケットから御祝儀袋を取り出して目立たない様に和男の内ポケットに押し込み

「ベビーに何か買ってあげなさい」ポンと肩を叩いた。

「教授有難うございます」和男は又深々と頭を下げた。

「皆様これより同窓会を開きますのでお席にお戻りください」

司会者の呼び掛けに促されてテーブルに戻った。

和男のテーブルに同じ経済学部で学び商社に勤務している友人と、理工学部で学びメーカーに就職している三名の先輩達が居た。

総勢で百名位か？　多くの人達が留学しているのだなと改めて思い会場を見渡した。

「本日は教授が来日されていて同窓会に御出席戴いております。せっかくの事ですので教授よりお言葉を賜りたいと思います、教授宜しくお願い致します」

司会者からマイクを手渡された教授は中央に進み出て

「我が大学に留学されて学び卒業し祖国に帰り各方面で活躍されている諸君と関わり合いを持つ事

が出来たのは教育者みよりに尽きる思いです。我が国は今（先進国に追いつき追い越せ）をスローガンに産業革命の中に有ります、社会の中心で活躍されてされている諸君は［互恵］の精神の元に我が国とも協力していく事を望みます」

教授の挨拶の後乾杯の音頭があり立食パーティが始まった。

和男もテーブルに盛り付けられている料理を小皿に取り懇談会の輪の中に入った。

ほろ酔い加減になっている所に各テーブルを廻っていた教授が和男の傍に来た、和男は手にしていたコップをテーブルに置き姿勢を正した。

「佐藤君飲んでいるか？　そう改まらなくていいよ」

ポンと和男の肩を叩いた。

和男は新しいビール瓶を両手に持ち、

「教授いつ頃まで日本に滞在される御予定ですか？」

教授のコップにお代わりのビールを注ぎながら聞くと、

「明後日帰国する予定だよ、佐藤君に紹介したい男がいる」

教授が後ろのテーブルに居た男を手招きして和男に紹介した。

「部下の助教授で主に経済解析を担当している、今後経済情報のやり取りは彼と直接する様に、それから今後研究員達が佐藤君を尋ねると思うがその時には便宜を計ってほしい」

この様な事を言い教授が真剣な表情を見せた。

此の助教授には見覚えが有る、留学時代教授の部屋を訪ねた時に何回か顔を合わせていてそれ程の違和感はない。

お互いに名刺交換して留学時代の事や仕事の事等を雑談した後助教授が改まって和男を見つめ

「近い内にパソコンを送ります、届いたらパソコンを起ち上げ経済情報交換専用にして下さい」

流調な日本語でこの様な事を要請してきた、思えばこの時から和男は準諜報員的な活動に巻き込まれて行くのだが、此の時点で諜報員を支援する様になるとは夢にも感じなかったが、しかし何故情報交換に専用のパソコンが必要なのか？　どこか引っ掛かる思いはしたが教授から直接の依頼でも有り余計な詮索は必要ないと判断していた。

「それでは皆様本日の同窓会をお開きにします、次回の同窓会でお会い出来る事を楽しみにしています」

司会者が閉会の挨拶をした。

　和男は教授に歩み寄りお名残り惜しく
「それでは教授お気を付けて本国にお帰り下さいませ」
　お別れの挨拶をすると教授は
「佐藤君と会えて嬉しかったよ、又会える機会も有ろうから元気でな」
　教授と硬い握手を交わして会場の外に出ると、桜の時期も過ぎ上野公園の樹々が柔らかい新緑に包まれ夕陽に映えていた。

　同窓会から一週間程過ぎた頃会社から帰宅すると
「貴方荷物が届いているよ、精密機器取り扱い注意と書かれているけど何か頼んでいたの？」

　玄関を入るなり敏子が怪訝な顔をして和男を見た。

　洗面所で手を洗いながらあの時に助教授から言われたパソコンか？　、書斎にしている三畳程の部屋に入ると机の上に荷物が置いて有った、送り主を見ると家電量販店からになっていた。

　開梱するとパソコンの上に封筒が添付され助教授からの添え書きが入っていた、手紙の内容は挨拶文の後経済情報交換専用にしてロックをかけて他人に見られない様にして下さい等と簡単な注意事項が書かれてる。

情報交換専用のパソコンを送り付けてきた、本格的な諜報活動を要求されるのではないだろうか？

一抹の不安が頭をよぎる、しかし今となっては教授を信じるしかない。

日本はスパイ天国だと言われている、日本の有名な半導体メーカーに勤務する技術者達が隣国の半導体メーカーから高額の日当で誘われて金曜日の夜隣国に渡り土曜日、日曜日と現地の半導体メーカーの技術者に技術指導を行い、日曜日の夜に帰国して月曜日会社に出勤する、この様にして日本の半導体メーカーが多額の開発費を掛けて開発した技術が隣国に流出している事態が頻繁に起きていると聞く。

危険を伴う政府機関の機密情報や軍事情報の入手を要求される事はないだろう、ましてや入手できる立場でもない。

仮に政府の機密情報や軍事情報を入手し流す事は祖国を裏切る事になる、祖祖父ならともかく和男の祖国はこの日本なのだ、もしこの様な要求が来たらきっぱりと断ると覚悟を決めた。

手紙を眺めているとプープーと唇を鳴らしながら和彦が伝い歩きして来て和男の足に抱き着いてきた。

抱き上げてホッペを擦り合わせると和彦がクスクスと笑顔を見せる、可愛いものだ。

「貴方、坊やを風呂に入れてくれる、私夕ご飯の準備をするから」

坊やは浴槽の中でオモチャのカエルや舟を浮かべて無邪気に遊んでいる、無邪気に遊ぶ坊やを見ながら将来坊やを民主主義国家に留学させようかとふと思い付いた。

坊やは和男の膝の上でホッペを膨らませながらスプーンを口に運んでいたが眠くなったのかコクリコクリとしだした、ママが抱き上げて口の周りを拭きベットに運ぶと唇をすぼめたりしていたがやがてスヤスヤと寝入った。

「貴方、誰からパソコン送ってきたの？」

敏子と付き合いだした頃自分のルーツは大陸系四世になる事や、留学時代に父親が経営していた鉄工所が倒産し退学寸前の所を教授の計らいで特待生扱いになり大学に残る事ができ卒業で来たいきさつや、卒業後経済情報交換に協力する旨の約束事が有る事は敏子に話していて敏子も了解してくれていた、しかし経済情報交換専用のパソコンを送り届けてきた、和男もまた今後どの様な事に巻き込まれていくのか一抹の不安を覚えた。

やはり敏子を安心させる為にも教授との件は話しておくべきとかと考えた、教授が来日し同窓会に御出席されて再会した事は既に話している。

「この前話した同窓会で教授から経済情報解析担当の助教授を紹介された、今後経済情報交換は助教授と直接行う様に専用のパソコンを送ると言われた、他に特別な要望はなかったよ」

敏子はそれだけの理由で専用のパソコンを送り届けて来るだろうか？　不安に思い
「映画じゃないけど祖国日本を裏切る様なスパイ活動を頼まれたりする事は無いでしょうね」

あえて貴方の祖国は此の日本なのよと強調する様に和男を見つめた。

「まさかその様な事は無いと思うけどな、仕事が政府機関や研究機関に携わっている訳でも無いからな、教授も俺の情報収集能力の限界は理解しているだろうし」

こうなったら教授を信頼するしかないと思い窓の外に眼を移すと、横浜港に停泊している船灯りが遠くに霞んで浮かんでいた。

「この様な事に坊やを巻き込みたくないわ」

こう言い敏子はスヤスヤ眠る坊やを見詰めた。

「俺も坊やを風呂に入れながら同じ様な事を考えていた、先の事になるが出来たら高校生から海外に留学させようと思うがどうだろうか？」

「海外に留学させる、何処の国に？」先の事とは言え突然和彦の海外留学の事を言われた敏子は怪訝な顔をして窓の外に視線を移した。

子供の成長は早い、和彦が小学五年生になった頃敏子の父親が体調を壊して入退院を繰り返すようになり、母親の体調も万全では無く敏子に実家に戻って民宿を手伝ってほしいとの連絡が頻繁にくる様になった。敏子は帰りたい思いはやまやまだが朝早く出勤し夜遅く帰宅する主人の元に未だ小学生の和彦を置いて帰る訳にもいかない。

状況を察した和男は取り合えず和彦を連れて実家に帰る様に、和彦も転校する学校に直ぐ馴染むだろうからと敏子の背中を押した。

「貴方一人で大丈夫？」

申し訳なさそうに言う。炊事や洗濯の事を心配しているのだろう。

「炊事や洗濯の事は心配しなくていいよ、留学時代に馴れているから、男手が必要なら俺も身の振り方考えても良いからな」

和男は就職した時からインターネットを利用した株式投資を始めていてかなりの成果を上げてい

た、義父の民宿を手伝いながら株式投資は出来る、それも悪くないか。

そんな思いをしている時に敏子よりお客様の送迎や観光案内に男手が必要との連絡が入る様になってきた、和男は今迄割と楽感的で時の流れに身をまかせる生き方をしてきている、これも時の流れか、熊本に行き民宿を手伝う決心をした。

義父が経営している民宿［里の家］の近郊は県の産業誘致政策によりハイテク産業の集積地になりつつ有る、空港に近く出張で企業に来るお客様に良く利用して戴いていた、阿蘇山とか観光地を控え土曜日などはほぼ満室状態になり人手が足りなくなりつつある、上司に事情を説明して退職願を提出した。

教授に会社を退職し義父の民宿を手伝う旨の連絡を入れ熊本の家族と合流した。

民宿の業務にも馴れた頃神奈川県に有る某大学の准教授を名乗る人から宿泊の予約を受けた、それ以降准教授は出張の度に利用して頂いていたが、ある日空港周辺を案内してほしい旨の要望があり、空港周辺のハイテク工業団地周辺を御案内してレストランに入り休憩した、どうやら空港周辺の土地を物色しているらしく土地の売却予定地の情報が有れば連絡してほしいとの依頼を受けた。

どうやら此の准教授も本国からの指示で動いているのだろうと推測した、現に各地の空港周辺の土地を某大国の関連企業が買いあさっている事は良く耳にする。

新しい棟を増築したりして数年が過ぎた、経営も順調で市内で食堂を営んでいた妹夫婦も加わり和男夫婦に少し余裕が出来た頃、知人から奄美群島の徳之島で民宿の賃貸物件が出ているとの紹介を受けた、和男も兼ねてから離島での民宿経営に興味を持った時期でもある、敏子と旅行を兼ねて徳之島に渡り民宿を案内してもらった。

入り江の砂浜に面していて環境は悪く無い、その場で賃貸の契約を結んだ、契約条件は民宿の元女将を従業員として雇用する事だった。

日本政府が奄美大島瀬戸内町にミサイル基地を建設すると発表したのもこの時期である。

教授に徳之島で民宿を経営すると連絡を入れて間もなく、准教授より資金は提供するので数名程度が長期滞在できる棟を増築してほしいとの連絡を受けた。

教授は何故資金まで提供して新しい棟の増築を持ち掛けてきたのか?　少し引っ掛かる思いがした。

和男も今後リモートワークのお客様を見込み長期滞在出来る新しい棟の増築を計画していた矢先でもあったが、さすがに教授より資金提供を受けるのはまずいと思い丁重にお断りの連絡を入れた、幸い株式投資で得た資金で増築費用は賄う事ができる、増築に着手した。

丁度この時期に松原駐在所に勤務する有馬駐在官が所用で前を通り増築中の現場を見ていたのだろう。

第三章　赤い小屋

日曜日、斎藤は署の道場に来て剣道着に着替え胴を付け正座して面を被った、練習相手は同期の小林だ、お互いに蹲踞して立ち上がり面、小手、胴、気合と共に打ち合い体をほぐした。

三十歳位の署員が練習試合の相手を受けてくれた、此の署員は県警大会でも常に上位の成績を収めている強者だ。


蹲踞して立ち上がり斎藤は中段に構えを取った、相手は大きく両手を広げる様にして上段に構えを取った、上段の構えを取る人は多くは無い上背を活かした構えなのだろう、胴は大きく空いているが打ち込める隙は微塵も無い、斎藤は打ち込める隙を見出す為少し左側に廻る様に移動した瞬間相手が踏み込み面、気合と共に打ち込んできた、斎藤はかろうじて頭上で竹刀を寝かせ相手の竹刀を受けはね返しすと中段に付け間合いを縮めながら踏み込んで胴、渾身の力を込めて打ち込んだが竹刀が胴に入る寸前相手の竹刀が面、気合と共に頭上に落ち一本取られた。

二本目は軽く剣先を合わせた後相手は同じく上段に取り斎藤は中段に構えた、お互いジリジリと間合いを縮めた瞬間面、気合と共に竹刀が頭上に落ちてきた、斎藤は瞬時に相手の竹刀を左に払い腰を沈めて逆胴を打ち飛び退き反転して中段に構え相手の反撃に備えた、手応えは有った、相手は竹刀を下げ一本取られた事を認めてくれた。

三本目も軽く剣先を合わせた後相手も斎藤と同じく中段の構えを取った、面、気合と共に打ち込んだが瞬間に払われ相手の竹刀が胴にきた、竹刀を下げて受け流した後鍔迫り合い押し合いが続き間合いを取り直すと同時に面、と打ち込んだが瞬間相手の竹刀が小手に入った。

お互いに向き合い正座して礼を取り練習試合を終えた。

「見事な逆胴だったよ」先輩が斎藤の逆胴を認めてくれた。

「有難うございます」礼を述べて立ち上がった。

隣の小林も練習試合を終えた様だ、シャワー室に行き汗を流した。

「斎藤、食事に行こうか」小林が斎藤を連れて海岸沿いに有るビジネスホテルに向かった。

七階建てホテルの最上階がレストランになっている、ホテルの入口に「東天城中学校珊瑚会同窓会　会場」と看板が立てて有った。

多分東天城中学校を昭和三五年に卒業した人達が三五と珊瑚を重ね合わせて同窓会の名前を珊瑚

会と名前を付けたのだろうか？

　就職に進学にと島を離れてそれぞれの人生を歩み、何年ぶりかに集い絆を深めているのだろう、斎藤はこの様な事を思いエレベーターに乗り込み、小林が七階のボタンを押した。

　最上階のレストランに入ると窓際の席に案内された、紺碧の海が広がりを見せ水平線に加計呂麻島横たわり、左側に視線を移すと岬の先に地元の人達が「トンバラ」と呼ぶ岩山が二つ海から突き出ているのが見えた、平和な徳之島ながら某大国諜報員の潜入に警戒する様にとの通達がでている。

「小林、諜報員が此のホテルを諜報活動の拠点にするとは考えられないか？　どう思う」

　斎藤が小林に小さな声で語りかけた。

「此のホテルを諜報活動の拠点にか？　諜報員がどんな情報を必要としているかにもよるが此のホテルだと持ち運ぶ機材とかが目立ち過ぎて避けると思う」

「得たい情報が得やすいと思われる場所を選ぶと言う事か」

「此のホテルを選ぶのならむしろミサイル基地に近い瀬戸内町のホテルを選ぶと思うな」この様に小林は断言した　。

「諜報員はどの様にして情報を得るのだろうか？　コンセントに盗聴器を仕込んで電波を飛ばすと

か？　小林ならどうする？」

「軍事機密を得たいのなら徳之島では無く軍事基地の近くの場所を選ぶ、しかし単なる会話を盗聴するだけが目的では無い様な気がする」小林は海に顔を向け水平線に浮かぶ加計呂麻島方面を見詰めた
「確かに単なる会話を盗聴するのが目的ならミサイル基地に近い場所を選ぶはずだ」

斎藤も又考えを巡らせながら加計呂麻島方面を見つめた。

「なんだお前達も来ていたのか」

声に振り向くと有馬先輩がリュックを背負い立っていた。

「有馬先輩も亀津に来ていたのですか、剣道の練習を終え食事に来たところなんです」

斎藤は有馬先輩に席を譲り小林の隣の席に移動した。

「読みたい本が有り取り寄せて貰っていたので取りに来た」

この様に言いリュックを椅子の背もたれに掛け腰を下ろした。

小林が声を潜めて
「斎藤、奥のテーブルに居る三人組怪しくないか？」

奥のテーブルに少し派手な服装の男性二人と一人の女性が食事を始めていた年齢は五十裁位か？一人の男性は頭を短く刈り上げ白いのが目立つ、もう一人の男性はサングラスをかけ鳥打帽を被り表情が解らない、女性は目立つ赤色のセーターに身を包み茶色の髪にパーマを当てている。

「あの人達は旅行者だろうよ、諜報員が私達は諜報員ですと疑われる様な風貌はしないと思う、現地人に溶け込んだ姿をするはずだ」

小林も署長の年頭訓辞を聞いた以降怪しいと思われる様な人達を見ると諜報員か？　と疑いを持つのは警察官としての責任感が有るからだろう。

この様な会話をしていると「諜報員の事か？」有馬先輩が会話に加わってきた。

「小林ともし諜報員が諜報活動をするのならミサイル基地に近い瀬戸内町か名瀬市に諜報活動の拠点を置くのではないかと話していたところです」

そこに「お待たせしましたお決まりになりましたでしょうか？」

若い女性の店員が注文を聞きに来た。

「ハンバーグ定食とドリンクバーを三ッお願いします」

隣の席で四人の若い女性が賑やかに食事を始めている、どうやら関西方面から卒業旅行に来ている様だ、もう卒業シーズンかそんな事に思いを巡らせていると先程の店員がハンバーグ定食を運んで来て配膳して下がっていった。

若い三人の食欲は旺盛だ、ハンバーグ定食を平らげた後斎藤が席を立ちホットコーヒーをコップに注ぎ運んで来てテーブルに置いた。

「徳之島も住めば良い所だな」小林がコーヒーカップを口に運びながら住んでいる徳之島の感想を述べた。

「小林の実家は種子島だな、ロケットの打ち上げ光景を見た事は有るのか？」

斎藤はロケットの打ち上げを見たいと思いながら今日まで来ている。

そう言えば今迄ロケットの打ち上げ光景など斎藤に話した事はなかったかと小林は思い。

「高校生の時に一度、大学生の時に一度見ている、発射台から二キロ位離れた所に見物場所が設けられているが、カウントダウンが始まり固唾を飲んで見ていると発射台の下から白い煙が舞い上がり爆音と共に赤い炎を吐き出し白い機体に日の丸を付けた機体がゆっくりと浮き上がったかと思うとやがて爆音をとどかせながらみるみる速度を上げ視界から消えた。なんか高校生ながら日本人としての誇りの様な感情が込み上げてきたのを覚えている」

小林はロケット打ち上げ光景を語りながらコーヒーを飲み

「ロケット打ち上げは見るに値する、斎藤も一度見に行くといい」

小林は斎藤にロケット打ち上げ見学を勧めた。

「小林の故郷は種子島か、俺も一度ロケットの打ち上げを見たいと思っていた、学生の頃に打ち上げを見に行っておけば良かったと後悔している、テレビなどで発射台から爆音を轟かせ白い煙と赤い炎を吐き出し日の丸を付けた機体が打ち上がって行く光景は何回見ても感動する」

斎藤は有馬先輩も又ロケットの打ち上げに特別の思いを抱いているのかと思い有馬先輩を見詰めた。

「俺の実家は垂水市だ」と有馬先輩が言う。

「桜島の麓ですか、噴火の時などは怖いでしょう」

桜島は日本有数の火山だ、時々大噴火を起こし周辺に大量の火山灰を降らせてきている。

「良くても悪くても桜島と共存してきている歴史だよ、俺の父親も噴火の度に警戒に出動している。」

斎藤は有馬先輩が言う桜島と共存してきている歴史を聞き、夜に噴火を起こし爆発音と共に溶岩を噴き上げる桜島の光景を思い出していた。

「あの島の向こうにミサイル基地が展開しているのか、署長の訓辞もあながち誇張で無く今そこで起こり得る事態かも知れないな」

　有馬先輩も加計呂麻島方面を見て、諜報員の潜入も有り得ると予想した様だ。

「有馬先輩、実際に諜報員と思われる不審者と何かで対峙した時どんな行動が必要になりますか？」

　温和な土地柄で斎藤は不審者と対峙した事が無く質問した。

「俺も今迄不審者と対峙した経験は無いが、俺達の任務は不審者が不審な行動を見せた時職務質問をする事になる、不審者が凶器で攻撃してきた場合、先ず付近に居る人達の安全確保を第一に考えなければならない」

　有馬先輩も又不審者と対峙した経験が無く明確な回答は出せないでいる、付近に居る人達の安全確保が第一と言う。

「有馬先輩の管轄している地域で特に注視している施設は有りますか？」

　小林が聞いた、内勤の為駐在官の駐在所での勤務活動内容が解らないのだろう。

「松原駐在所の管轄に徳之島空港とリゾートホテルが有る、到着便に合わせて到着ロビーや周辺をパトロールしたり、リゾートホテルに長期滞在者が居ないか注視している、トライアスロンが開催されたり陸上選手団の合縮などが有り長期滞在者も多い、この中に不審者が紛れ込んでいないか？

注視している」

　この様な駐在所の活動内容を小林に教えた。

「先輩、彼女いらっしゃるんですか？」

　斎藤が話題を変えて彼女について聞いてみた。

　有馬は急に彼女の事を聞かれ顔をほころばせ
「彼女は鹿児島市に居るよ、高校の同級生で結婚を前提に遠距離恋愛中だ、五月の連休に友人を連れて旅行に来ることになっている」

　この様な事を言い、有馬先輩が笑顔を見せた。

「彼女は鹿児島にいらっしゃるんですか、ゴールデンウィークが楽しみですね」

　有馬先輩の笑顔を見て斎藤も鹿児島に居る光代ちゃんを徳之島に招待しようかの思いに駆られたが、駐在官として一年位の経験を積んで来年頃に招待しようかと思い直した。

「君たちの彼女も鹿児島に居るのか？」

　有馬は着任して間もない二人に未だ彼女と出会う機会は無いと思い鹿児島に居るのかと聞いてみた。

　斎藤は幼馴染の光代ちゃんを思い出しながら

「幼馴染の彼女が鹿児島市で保育士として勤務しています、今先輩の話を聞き来年あたり徳之島に招待しようかと思い付きました」

「俺と同じ遠距離恋愛中か、小林の彼女も鹿児島に居るのか？」

先輩が小林に顔を向けた。

「僕にも大学入学当初から付き合っている彼女はいるのですが東京の会社に就職しています」

小林は東京に就職した彼女と疎遠になる予感がするのか暗い表情を見せ天井を仰いだ。

「そうか二人共俺と同じ遠距離恋愛なんだ、頻繁に電話を掛けたり写真を添付したりして出来るだけ距離感を感じさせない様にする事だよ」

有馬は先輩らしく遠距離恋愛に付いてのアドバイスをしてコーヒーカップを口に運んだ。

「隆志元気にしている、徳之島の生活に馴れた？」

携帯から明るい張りの有る光代ちゃんの声が聞こえてきた、光代こと北岡光代は斎藤の幼馴染で高校まで一諸に通学していた。

光代は短期大学保育科に進学し鹿児島市の保育園に就職している。

「あー住めば都と言うからな近所の人達も親切で生活には直ぐ馴れたよ、それに大学の先輩が隣町の駐在所に勤務していて、小林も指令部にいて心強いよ、光代ちゃんは保育士の仕事に馴れた？」

　保育園に就職して間もない頃園児達とどの様に接していけばいいのか随分悩んでいる様な事を何回か聞いていた。

「最初の頃、泣いている園児をどの様にあやせば良いのか随分悩んだけど、でもねママ恋しさに泣きじゃくっていると思い抱いてあやしている内に泣き疲れて眠る園児の顔を見ると愛おしくなるし、無邪気に遊ぶ園児達を見ていると癒される思いがするの、そんな事を繰り返しながら最近保育士の楽しさも解る様になってきたわ」

「そうか光代ちゃんも立派な保育士に成長したんだ、俺も早く一人前の警察官にならないとな」

　斎藤は光代ちゃんが保育士として成長している事をたたえた。

「正月に帰って来ると思っていたのに帰ってこなかったわね」

　どうやら光代は斎藤が帰省するのを心待ちにしていた様だ。

「ごめん、着任早々でも有り駐在所を無人にしておくのも気が引ける思いがして帰省しないでいた、近所の人が正月料理を届けてくれたり、小林が遊びに来たりして島の正月を楽しんだよ、光代ちゃんは何処かに出かけたの」

「私も正月に遠出はしなかったの、東京からお兄ちゃんが帰省してきたし家族で近所の神社迄初詣に行ったくらいよ」

光代には三ッ違いの兄がいる、大学を卒業し東京に就職していた。その兄が帰省していて家族で初詣に行ったり繁華街で食事をしたりして正月を過ごしたと言う。

「英和兄さんが帰省していたんだ、東京で彼女出来たんだろうか？」

光代ちゃんのお兄さんは斎藤が子供の頃良く遊びに連れて行ってくれたりしていた、無口だが面倒見の良い人だったのを覚えている。

「恋人はどうかしら、お兄ちゃんは無口で不器用だし女性に持てないと思うけどね」

「それは解らないよ、今度帰省する時に彼女連れてきたりして」

「お兄ちゃんがそうなれば良いけどね、私ねいつか徳之島に旅行に行きたいと思っているの、隆志その時案内してくれる」

光代は早く斎藤に会いたいのだろう。

「未だ少ししか住んでいないけど住み易い所だよ、これから徳之島を廻り光代ちゃんが徳之島に来た時に観光案内出来る様にしておくからな」

斎藤は未だ観光地等に行く機会が無く、落ち着いたら島内を一周してみたいと思っていた。

「楽しみにしておくわ、それとね年末に母と天文館に買物に行った時隆志の御両親と妹さんにばったり会って一諸に食事をしたの」

天文館は鹿児島で一番の繁華街で斎藤も良く友人達と遊びに行ったりしていた。

「それは良かった、俺のオフクロ賑やかだっただろうな」

「お喋りし出すと止まらない感じね、私の母は頷いてばかりだったわ、でもとても楽しかったわよ」

斎藤の母親はパサパサしていてヶラヶラ笑いながら話す癖が有り賑やかだ。

「電話くれて有難う、御両親に宜しく、じゃーね
「有難うおやすみなさい」

久しぶりに光代ちゃんと落ち着いた会話が出来心が和らいだ気持ちになった。

斎藤は書庫から住民台帳を取り出して開いた、峠の民宿「理久の浜」の経営者は佐藤和男と敏子と記入されている。

台帳を単車のボックスに入れ県道に出て右折し母間方面にアクセルをふかした、峠を下ると右側に一軒の民家が有る、単車を止め台帳を見ると池田栄一と記入され独り暮らしの様だ、庭先に入るとお爺ちゃんが縁側で日向ぼっこをしていた。

「お早う御座います、花徳駐在所に着任しました斎藤です」

お爺ちゃんの前まで行き挨拶をすると「駐在さんかねご苦労様です」ちょこんと頭を下げた。

「池田栄一さんですね、お一人でお住まいですか？」

「三年前に婆ちゃんを亡くし今は一人暮らしですがね」

しっかりとした口調で答えてくれた。

「そうですか、なにか困った事は有りませんか？」

「週二回介護士さんが来てくれて助かっていますがね」

お爺ちゃんは介護士さんが来てくれて有り難いといいながら軽く咳ばらいをした。

「介護士さんが来てくれているんですね、何か困った事が有れば連絡をして下さい」

住民台帳の訪問済みのチェックを入れ次の訪問先に向かった。

少し下ると老人ホームが有る、経営者は井沢和英　井沢勇子と住民台帳に記入されていた。

庭園に単車を止めて玄関のドアを開け中に入ると朝食を終えたのか職員が忙しそうに食器などを運んでいる。

「お早う御座います」声を掛けると奥の方から四十歳位の女性が出て来てお辞儀をした。

「経営者の方ですか?」「いいえ違います少しお待ちください」

女性が奥の事務所に引き返した。

程無く六十歳位の男性と女性が出てきてお辞儀をした。

「お忙しい所申し訳有りません、年末に花徳駐在所に着任しました斎藤です。住民確認訪問を実施しています」

斎藤はこの様に前置きして「こちらにお住まいなのは入所者様以外で井沢和英さんと勇子さんのお二人ですか?」

「はい住んでいるのは二人です、職員は全て自宅からの通勤です」

「それと此の台帳に入所者二十六名と有りますが」

「はい現在もそのままです」入所様には変更は無いとの事だ。

台帳にチェックを入れ「お忙しい所お手数をお掛け致しました」

「ご苦労様です」井沢さんの声に送られてホームを後に県道に出ると砂糖キビの葉が風にざわついていた。

少し下ると民家が三軒固まっている一軒は在宅していて確認が取れた、他に二軒は早朝から砂糖キビの収穫に出かけて留守との事だ、日を改める事にして橋を渡り川沿いに有る東天城中学校の校庭に単車を止めた、廊下に入ると丁度二時間目の授業が始まっていた。

廊下を進み職員室の看板を見付けノックして中に入ると女性の事務員が事務処理をしていた。

「お早う御座います、花徳駐在所です」声を掛けた。

「お早う御座います」女性事務員は挨拶をしながら立ち上がり笑顔で近ずいて来た、ほのかに香水の香りが漂う。

「こちらにどうぞ」校長室に案内されると、デスクに五十歳位の校長先生が執務を取っていた。

「校長先生、駐在さんがお見えになりました」

事務員の声に目を通していた書類から顔を上げた、頭髪に少し白いのが混じり太い眉毛に丸い顔立ち、優しさが滲み出ている感じがした。

「年末に花徳駐在所に着任しました斎藤です、住民確認訪問で立ち寄りました」

斎藤が挨拶を終えると校長先生が立ち上がりソファーに座る様に勧め反対側のソファーに腰を下ろした。

横の棚に野球、バレーボール、剣道、柔道などのトロフィが立てられて有る。

「校長先生、生徒達はスポーツで優秀な成績を収めているんですね」横に並べられているトロフィーを見ながら感想を述べた。

「部活に熱心で練習に励んでいる生徒達が多いんですよ」

校長先生も並んでいるトロフィーを見て目を細めた。

「校長先生は東天城中学校に赴任されて何年位になるんでしょうか？」

「此の四月で丁度五年になりますか、私は隣町の山集落出身ですよ宮崎県の大学に進みましたけどな」

山集落は花徳地区と徳之島空港の中間地点に有り近くに「トンバラ」と呼ばれている岩山が海から突き出ている、校長先生は其処の集落出身だと教えてくれた。

「僕は鹿児島の大学を昨年卒業しました、駐在所の近所に住む方から此の中学校は母間中学と花徳中学が統合して開校したと聞きましたが」駐在所の近くに住んでいる福村さんから東天城中学校の歴史を聞いていたからだ。

「校史を調べてみると昭和三十三年に母間地区の中学と花徳地区の中学が統合じて全生徒数三百十名で東天城中学校として発足しています、各方面で活躍している卒業生も多いと聞いています。現在は過疎化人口減少で生徒数は六十四名です」

校長先生はこの様な校史を教えてくれた。

事務員がお茶を入れてきてくれてテーブルに置いて下がった。

「どうぞ」校長先生は斎藤にお茶を勧め、湯呑みを持ち上げ香る様にして口に運んだ。

斎藤もお茶を口に運ぶと少しコクのあるほのかな香りがした。

「校長先生、其処の峠の下に有る民宿御利用された事は有りますか？」

話題を変えて次に訪問する予定の民宿について聞いてみた。

「あそこの民宿の事ですか、私が着任した頃は閉鎖されていましたが程無く経営者が変わり営業を再開した様です、職員の歓迎会や送別会とか懇親会に年何回かは利用させて戴いておりますが」

校長先生は民宿が近くでも有り良く利用していると言う。

半鐘が鳴り二時間目の授業が終わった様だ。

「校長先生お忙しい所有難うございました」斎藤は御礼を述べ廊下に出てすれ違う先生方に敬礼をしながら校庭に出た。

校庭の周りにガジュマルや木間旺の木が植えられ葉を茂らせている、東天城中学校として発足し間もない校庭の周りに、卒業生達が卒業記念として植えた樹々だろうか？　そんな思いを巡らせ県道に出て右折した。

海岸沿いの砂浜に木間旺の林が有り防風林の役目を果たしている、少し進むと木間旺の林の中に煉瓦造りの「赤い小屋」が有る、何の小屋だろうか？　斎藤は以前から此の「赤い小屋」を気にはしていたが前任者から此の小屋に付いての注意事項は特に無い。

窓は無く小さな換気口が数か所あるのみだ、厳重に施錠されているのを見ると農家の倉庫でも無い様な気がする。

所有者は誰だろうか？　そんな事を思い坂道をアクセルをふかして進むと、左側に民宿「理久の浜」と書かれた看板が立てて有る、

看板に沿い入ると車十台程度が駐車できる駐車場に送迎用のマイクロバスとジープが置いて有る、お客さは既に出達した後なのか辺りに静けさが漂っていた。

民宿は海岸と峠の中間位の位置に有る、海の方を見ると少し沖の方に白いクルーザーが係留され砂浜に小さなボートが揚げられている、クルーザー迄の往復に使うのだろう。

民宿「理久の浜」は三棟からなり手前が宿泊棟で真ん中が事務所と厨房に食堂や浴室になっている様だ、奥の建物は最近増築したのか窓は小さく少ない、台風に備えたり造りになっている様だ。

奥の方に屋根をアクリル板で葺いた洗濯物干場が有る、丁度中年の女性がシーツやタオルなどを干していた。

「こんにちわ花徳駐在所です、経営者の方ですか？」

女性に声を掛けると女性は手を止めて振り向いた、年齢は四十過ぎ位か？「いいえ違います従業員の島本です、社長は事務所に居ますので御案内致します、どうぞ」

中央の建物の中に設けられている事務所に斎藤を案内してくれた。事務所では男性一人と女性一人が事務処理をしていた。

「社長、駐在さんです」社長に取り次ぎ洗濯物干場に引き返した

振り向いた男性は坊主頭に良く日焼けした顔、鋭い眼光をしている女性は細面の顔に薄化粧をして温和な感じがする。

「こんにちわ、年末に花徳駐在所に着任しました斎藤です、住民確認訪問を実施しています」

斎藤は台帳を広げ経営者の佐藤和男さんと佐藤敏子さんですかと尋ねた。

「はい、佐藤和男にこれが家内の敏子で女将です」

女性がを指さすと女将が軽く会釈をした。

「こちらにお住まいになっているのはお二人ですか？」

「はい、二人です他に従業員が二人いますが自宅からの通いです」

「先程其処の中学の校長先生から地元の人達が懇親会や慰労会などで都く利用されているとお聞きしましたが」

「お陰様で地元の人達に良くご利用戴いております、もう少しすると野山に花が咲く時期になり魚釣りのお客様も増えてまいります」

この様に社長が民宿の状況を説明してくれた。

「それでクルーザーとかジープをお持ちなんですね、これからのお客様の増加を見込んで新しい棟を増築されたんですか？」

斎藤は増築されている新しい棟に付いて何気なく聞いてみた。

社長は鋭い視線を斎藤に向けたが直ぐに温和な顔に戻り。

「お客様の中には海水浴や魚釣りを楽しんだ後に奄美大島と徳之島に生息し、天然記念物に指定されている「奄美の黒ウサギ」を見たいと夜の散策を希望するお客様が増えてきましてね、夜にジープで御案内しているんですよ、「黒ウサギ」は夜行性ですが夜出かけても出会えるのはまれですけどね」

社長が話を終えると電話が鳴った、予約の問い合わせの様だ。

「来週の土曜日ですか何名様でしょうか？　四名様ですか、少々お待ち下さい」社長は予約台帳を取り確認しながら「お待たせしました、ご用意できますが」

斎藤は壁に掛けて有る写真に視線を向けた、大きな魚拓が額縁に入れて掛けて有る、他に大きな魚を抱えたアングラーなどの写真が飾られていた。

社長が受話器を置いた、斎藤は魚拓を見ながら

「大きな魚が釣れるんですね、此の魚はお客様が釣り上げたんですか？」

社長の方に顔を向けた。

「御客様が釣り上げたんですよ、少し沖に出ると潮の流れが早くカツオやマグロが回遊してきてトローリングを楽しむお客様が増えています」

社長が釣りの事などに付いて話している時に、海の方から貝や魚を入れた網の袋を持つ二人の男が新しい棟の中に入って行くのを目撃した。長期滞在者なのだろうか？

「ご協力有難うございました、お手数をおかけしました」

民宿の経営としては先ず先ず順調の様だが、島の人では無い様な気がする、関東方面から来たのだろうか？　言葉のアクセントに癖が有る。そんな事を思い県道に出て左折して花時名集落に単車を進めた、展望台を過ぎ橋を渡ると下り坂になる、花時名集落に入り最初の四つ辻を左折して民家の前で単車を止めた。

島本と書かれた小さな表札がかけて有る、台帳に島本順子四十五歳と記入されている。

声を掛けたが留守の様だ。

隣の家を訪問すると庭にムシロを敷きジャガイモを選別している老夫婦が居た。

「精が出ますね」声を掛けるとお爺ちゃんとお婆ちゃんが顔を上げ「駐在さんかね」作業の手を止め斎藤に笑顔を向けた。

確認を終えて台帳にチェックを入れ隣の島本さんの事を聞くと島本さんは民宿［理久の浜］で働いていると教えてくれた。

そう言えば先程訪問した民宿で斎藤を事務所に案内してくれた女性が島本と名乗っていたのを思いだした。

数軒の訪問を終え時計を見ると昼時を過ぎている、基本的に昼食は駐在所で取る事になっている。

昼食は簡単にしようと思い冷蔵庫から御握りを取りて出しレンジで温め、ヤカンに水を入れコンロに置きお湯を沸かしながらカップ麺を開け、野菜を刻んで入れ竹輪を契り入れお湯を注ぐと甘い香りが漂いだした。

御握りを一口かぶりつきテレビのスイッチを入れた、日本の領土である尖閣諸島の接続海域に某大国海警局の舟二隻が一週間に渡り出入りを繰り返しているとの映像が流れた。

以前此の海域に巨大な海底油田が有ると国際機関が発表した以降某大国が自国の領土と主張し始め、実効支配を目論見我が国の領海への侵入を繰り返している。

ニュースキャスターが、尖閣諸島は台湾と目と鼻の先に有り、今後此の尖閣諸島海域が火薬庫になる恐れが有るとのコメントを出した

テレビの映像に、某大国海警局の大型船と並行して監視を続ける日本の領土を守る日本巡視船隊員達の緊張感は相当な物だろうと思い食事を終えた。

「駐在さん居なさるかね」近所に住んでいる福村さんが駐在所に入って来た、背中に籠を背負っている。斎藤が台所から出てみると福村さんが背中から籠を下ろし「タンカン食べなさるかね」ミカンを取り出して机に十個ばかり置いた。

「此のタンカンは見栄えは良くないが甘くて美味しいですよ」.

「僕ミカンは大好きなんですよ、畑からの帰りですか？　ちょっと待って下さい」

　福村さんに椅子に座る様に勧め、台所から熱いお茶を入れて来た。

「最近ジャガイモ畑が猪に荒らされて困っているんですよ、畑の見回りをしての帰りですがね、猟をする人達が減り猪が増えているのかなーその点タンカンは猪に荒らされることも無く最近はタンカンの栽培に力を入れているんですよ」

　福村さんは猪に畑が荒らされ困っている様な事を言いお茶を飲んだ

「鹿児島でも猪が畑を荒らして困っている事は良く聴いていましたが、猪は人を襲いますので気を付けて下さいよ」

　つい最近も畑で農作業をしていたお年寄りが猪に襲われ、牙で太ももを突かれ死亡した事件がテレビで報じられていた。

「駐在さんのお父さんはどんな仕事をなさっているのかね」

「実家は兼業農家で、父親は市役所に勤務していて母親は野菜や果物を栽培していますよ」

父も母も兼業農家として元気に働いていますと言い福村さんの湯呑みにお茶を注いだ。

「私は其処の酒蔵で定年まで働かせてもらいましてね、会社が社会保険に加入してくれていたお蔭で、今はこうして年金を貰いながら畑の仕事をしてのんびりと生活をさせてもらっていますがね、これも国の社会保険制度のお蔭かね」

福村さんは国の社会保険制度のお蔭で農業をしながら老後の生活を楽しんでいる様な事を言い笑顔を見せた。

斎藤は話題を変えて
「福村さん、東天城中学校前の木間旺の林の中に有る煉瓦造りの［赤い小屋］はなんですか？　倉庫でも無い様ですが」

「あーあの［赤い小屋］の事かね、あれは海底ケーブルの陸揚げ室ですよ」

「海底ケーブルが来ているのですか?」斎藤が聞き返した。

「電話線が来ているんですよ、なんでも明治時代に敷設されて沖縄まで伸びているんでしょうね、・

地元の人は赤い小屋の為「あーや」と呼んでいますがね、最近の若い人達は海底ケーブル陸揚げ室の事は余り知らない様ですけど」

福村さんは今の若い人達は余り海底ケーブルに付いて関心が無い様な事を言い湯呑みを持ち上げた。

「無人ですか？」

「定期的に職員の方が点検に来ている様ですけど」

福村さんは雑談をしていたが壁に掛けて有る時計を見て「お邪魔しました」と言い椅子から立ち上がり外に出て行った。

「赤い小屋」は海底ケーブル陸揚げ室だったのか、海底ケーブルには各国機関の情報や軍事機密とか民間企業の機密情報が集まり交信されている。情報を盗聴するのに海底ケーブルは狙われ易い施設になっていると言われている。学生の頃に見た映画の事を思いだした。

映画の内容は、ＩＴに詳しい元諜報員達がグループを組んで、悪どい事をして国家の予算から巨額の富を霞め取っている巨大企業の銀行口座に侵入して、銀行口座から大金を抜き取る事を計画し、海底ケーブルに盗聴器を取り付けて情報を抜き取り、盗聴器を回収して情報を解析し銀行口座番号や暗証番号を割り出して、銀行口座に侵入し巨額の大金を別の口座に転送し霞み取る内容だった。

しかし映画みたいな事が現実に起きる事はまずないだろうと思い午後からの住民確認訪問に単車を走らせた。

花時名集落に入り伊保川を渡り最初の四つ辻の右側に有る家の前で単車を止めた、ジャガイモの収穫期なのか庭先でムシロを敷きジャガイモを選別している老夫婦が居た。

老夫婦は斎藤に気付いたのか振り向き「駐在さんかね、ご苦労様です」日焼けした笑顔を見せ、顔の皺に逞しく生きてきた年輪が感じられる。

「こんにちは、花徳駐在所の斎藤です、住民確認訪問を実施しています、こちらにお住まいなのは武山芳啓さんと武山カネさんのお二人ですか？」

「はい二人ですがね、正月に大阪に居る娘夫婦が孫を連れて帰省していましたが大阪に帰りました、又孫が春休みに帰省するのを楽しみにしていますがね」

「そうですか春休みが楽しみですね」お爺ちゃんとお婆ちゃんは孫達が可愛いのだろうな、そう思い台帳を閉じた。

小道の奥に進み突き当たりの家で単車を止めた、屋敷に入ると縁側でお爺ちゃんとお婆ちゃんに近所のお婆ちゃんだろうか？　三人でお茶を飲みながら世間話などをしていた。

「こんにちわ」声を掛けるとお婆ちゃん二人が振り向き斎藤を見た
床の間に勲章が飾られている、地域の発展に貢献してこられた方なのだろう。

「年末に花徳駐在所に着任しました斎藤です、住民確認訪問をしています。こちらにお住まいなのは島田忠雄さんに和子さんと保夫さんに広美さんの四人ですか？」

「駐在さんかねご苦労様です、保夫と広美は農協に勤務していて留守ですがね」

お爺ちゃんが四人家族だと元気な声で答えてくれた。

「お婆ちゃんは近所の方ですか？」

「私かね、其処の斜め前に住んでいますよ」斜め前の家を指さした。

「田中トシさんですね」台帳にチェックを入れて台帳を閉じた。

斎藤が川の方に顔を向けると大きな水車が目に止まった、動いてはい無い様だ。

「あの水車は何ですか？」初めて見る水車だ、お爺ちゃん達の方を向き聞いてみた。

「あの水車かね、今は使用していないが以前はあの水車を動力にして村人達のお米を精米していたんですよ、若い頃島ではお米が年二回収穫出来ていたんですけど、農協の指導により収入が多い砂糖キビの栽培に切り替えられお米は精米されたお米を農協から購入する様になり精米工場は農協に併合されました、製糖工場も兼ねていたんですけど大きな製糖工場が農家より直接砂糖キビを買い付ける様になり製糖工場も大型製糖工場に併合されたんですよ、これも時代の流れでしょうかねー
あの水車も近い内に解体する予定ですがね」
時代が変化したとお爺ちゃんは言い、水車の方を向いた。
地域住民の生活を支えていた水車が姿を消すのか、やはり小規模から大規模に、こんなところにも産業構造の変化が起きているのかと思い県道に出た。

肌寒い潮風を受けトレーニングウェアーに身を包んだ三人の男達が朝陽を受け砂浜を散歩している。

白い砂浜は前方の地元の人達が［ビンダレヤマ］と呼ぶ山頂が平らになっている［宮城山］迄続きさざ波が寄せては返し白い帯を造り出している。

遠浅の為もう少し経てばサーフボートを楽しむ若者達が集まる時期を迎える。

散歩しているのは民宿［理久の浜］の社長と諜報員二人だ。

「其処の木間旺の林の中に海底ケーブル陸揚げ室が有る」

社長は指さしながら諜報員の二人を木間旺の林の中に有る煉瓦造りの［赤い小屋］に案内した、

「赤い小屋」に窓は無く通気用の四角いルーバーが数か所あるのみだ。

「小屋の中に盗聴器を取り付けるのはどうだろうか？」

「職員が定期的に点検に来ているはずだ直ぐに見付けられてしまう、小屋に盗聴器を取り付けるのは先ず無理だ」

諜報員達は「赤い小屋」からどの方向にどの位の深さで海の方に海底ケーブルが伸びているのか？考えを巡らせた。

「しかし社長良く海底ケーブル陸揚げ室の近くに民宿を見付ける事ができたんですね」

諜報員Bが社長に語りかけた。

「五年前離島での民宿経営を思い立ち何処にするか物色していたところ、知人から徳之島で民宿の賃貸物件が出ているとの連絡を貰い妻と観光がてらに来て見たら立地条件も良くその場で契約した、まさか海底ケーブル陸揚げ室が近くに有るとは知ら無かったよ、定期点検で来ていた職員が昼の食事に来てくれて「赤い小屋」が海底ケーブル陸揚げ室で有る事を教えてくれた」

社長は民宿を手に入れたいきさつなどを話した後「赤い小屋」の壁に手を当てた。

「元女将さんは今何処に居ますか？」諜報員Bが元女将さんの事が気になるのか聞いた。

「此処で働いて貰っています、民宿を始めるのなら元女将を雇用する事が条件だった」

「此処で働いているのですか、私達の正体がばれないだろうか？」

諜報員二人が心配そうに社長を見た。

「それは心配ない、おとなしい方だし今迄の常連のお客様との繋がりも多く常連のお客様も戻ってきてくれている、お客様が多く来てくれたら経営上助かるからな」

社長は元女将が働いてくれた方がお客様も増え経営上の点から考えても助かると考えている様だ。

此の二人は宿泊者名簿に神奈川県某大学海洋学部准教授と記入して有る、事実此の二人は海洋研究者で海洋研究を行いながら本国からの指示で諜報活動を行ってきていた。

三人は「赤い小屋」を周回して木間旺の林を抜け砂浜に出た、寄せては返す波打ち際を歩き、海底ケーブルはどの辺りで海底に出ているのか？　思いを巡らせた。

「海底ケーブルはこの地中の中を通り海底に伸びているはずだ、人目に付かない様に海底ケーブルの位置を探し出して中継器を見付けなければならない、どの様にして探し出すか早急に検討しよう」

諜報員二人が顔を見合わせた。

三人が民宿に戻ると、元女将の島本さんともう一人の女性が出勤して朝食の準備をしているのか魚を焼く臭いが漂っていた。

第四章　空中戦若き命

休日朝寝坊をした眠たい目をこすりながら枕元の時計を見ると九時を回っている、顔を洗い朝食の準備を始めた。

卵を割り玉焼きにした、キャベツと玉ねぎを刻んでベーコンを入れフライパンで炒めてポン酢で味付けをした。食パンをトーストで焼きジャムを塗り、牛乳を温めて食卓に置き、食パンを口に入れテレビのスイッチを押した。

今朝七時に北の国がミサイル二発を発射、新潟県沖の排他的水域に着弾したとのニュースが流れた。

近年北の国のミサイル技術は一段と向上し射程距離を伸ばしてきている、我が国への脅威は一段と増してきているとのコメントをニュースキャスターが出した。

北方領土、北の国、韓国の竹島上陸実効支配、尖閣諸島、某大国の西太平洋支配目論見、我が国を取り巻く状況は増々厳しくなっている、そんな事に思いを巡らし朝食を終えた。

ふと年明け早々夜釣りに行った時に何かが浮き上がる様な微かな音そして沖の方で一瞬ではある

がライトに浮かんだ船影が気になった、福村さんはあの辺りで釣りや潜り漁をする人はいないと言う。

釣り場に行き確認しようと思い制服に着替え無線を取った。

「花徳駐在所斎藤です、応答願います」

「こちら指令部、どうぞ」小林の声だ。「年明けの夜に不審な光景を見た、これから現場に行き確認します、どうぞ」

「指令部了解、不審な事が確認出来たら連絡されたし」

小林との応答を終えると単車を花時名に向けアクセルをふかした。

東天城中学校の前を過ぎて行くと民宿［理久の浜］からジープが出て来て斎藤の前を走り出した、三人が乗り社長が運転している様だ。

お客様をどこかに御案内しているのかな？　ジープの後に付けて走り峠を越えて花時名集落に入ると斎藤は花時名漁港と書かれた矢印を左折し、ジープはそのまま直進して走り去って行った。

「後ろに付いて来ていた単車、警察官の様だったが？」

諜報員Ａが車を運転している社長に声を掛けた。

「年末に花徳駐在所に着任した新米警察官だ、この前住民確認訪問を受けた」

社長は既に住民確認訪問を受け顔見知りになっていると言う。

「新米警察官でしたか、怪しまれなかったですか？」

諜報員は何か気になるのか聞き返した。

「増築した棟の事を聞かれたがそう心配する事も無いでしょう」

社長は助手席に座っている諜報員を一瞥した。

「新築した棟の事を聞かれんですか、私達がそこに住んでいる事は気付かれませんでしたか？」

後ろの席に座っている諜報員も気になる様だ。

「これから海水浴や釣りをするお客様が増える事を見越して増築したと答えておきました、不審がっている様子もなかった、そう神経質になる事も有るまい、出来るだけ魚や貝や海藻を採取して事務所に飾る様にして下さい、新米警察官は魚拓や海中写真に興味を示していましたから」

社長はこの様に言い、母間集落の外れ迄来て右折しジープを農道に乗り入れ井ノ川岳の裾野で停車した。

斎藤は公民館の前から漁港に下りて単車を止めた。

満潮の時刻か珊瑚礁のリーフは海に沈み所々で白い波を立てている、漁港の護岸から海中を見ると小魚が海藻の周りで戯れている。

護岸を左側に進んで行くと珊瑚礁の内海に突き出ている地元の人達が［フサナキ］と呼んでいる岩山の裾野に来た。［フサナキ］は子供達の遊び場や大人達の憩いの場になっている。

岩山の下まで来ると行山さんご夫婦がヤカンにお花を持ち近ずいて来た。

「駐在さんご苦労様です、今日は何か？」休日なのにどうしてここに来たのだろうか？　と思った様だ。

行山さんとは既に住民確認訪問で顔見知りになっていた、徳之島町役場で定年迄働き退職後ＮＰＯ法人を起ち上げ、徳之島のＰＲ活動や徳之島の世界遺産登録申請に向けて美化活動を推進しているなどと住民確認訪問時に聞いていた。

岩山の少し高い所に［藤野軍曹慰霊碑］と刻印された慰霊碑が建立されているのが目に止まった、行山さんの奥さんがお花やミカンのお供えを始めている。

「行山さん此の慰霊碑のいきさつを教えてください」

斎藤は多分前の太平洋戦争当時の出来事かと興味を持ち尋ねた。

なにしろ私が子供の頃に親父から聞いた事なので記憶は定かではないですが、と前置きして

「戦時中徳之島空港は今より少し上の方に有り戦闘機や輸送機の中継基地としての役割を担っていた。戦争末期のある日あそこの岬の少し沖に海から突き出ている二つの岩山「トンバラ」の上空で零戦と米軍艦載機が一対一の空中戦に突入した、零戦は特攻機の護衛で来たのかは定かで無い。戦闘機どうしが急上昇したり急降下したり上に舞い上がったり下に潜り込んだりの死闘を繰り広げた、お互いに弾を撃ち尽くしたのか敵機は薄い煙を吐きながら沖の方に消えた零戦は機種を理久の浜に向け不時着を試み様としたのか降下してきたがやがてブルンブルンと燃料切れの様な音を出しエンジン音が途切れて其処の「カマチェ浜」の少し沖に墜落した、遠浅の為日の丸を付けた片側の主翼が海面に突き出していた。この空中戦を見ていた村人達数人が操縦士を助けようと鎌を持ち零戦迄泳いで行き、鎌で風防をこじ開けて操縦士を引き上げたが、白いマフラーを首に巻き「藤野軍曹」と書かれた白い名札を戦闘服に縫い付けた幼な顔が残る「若き命」は既に散っていた。もう少し飛べば理久の浜に不時着出来ただろうにと村人達は涙を流した。零戦が沖に流されない様にロープを繋ぎ木にくくり付けていたがやがて解体業者により解体された、今では当時を知る人達もいない」

　行山さんは太平洋戦争末期に起きた出来事を語り継いでくれた。

斎藤は慰霊碑の前で膝を折り「若き命」は祖国を守る為どの様な思いで操縦桿を握り、命を掛けた空中戦を戦かったのだろうか？　今ある日本の平和と繁栄はこの様な人達の犠牲の上に有るのかと改めて思い静かに手を合わせた。

行山さんは慰霊碑がどの様にして建立されたかも語り出した。

「昭和四十年代になり花時名の有志達が［藤野軍曹］の慰霊碑を建立しようと立ち上がり寄付金を集めて此の場所に建立した。

有志達は御遺族に連絡を取りたい思いから役場に協力を御願いして戦没者名簿を取り寄せて貰い、同姓同名の名前を探し出して御遺族に連絡を取り、間違い無い事を確認して頂いた後御遺族を現地に御招待して慰霊会を催した、御遺族達は涙を流して慰霊碑を建立して頂いた事に感謝していた」

行山さんは当時の事を昨日の事の様に覚えていると語ってくれた。

行山さんに続き岩山に登ると上は天然の芝が生え平らになっている

「此処は村人達の憩いの場所で年何回か気候の良い時期に［フサナキ］祭りが有り、重箱に御馳走を詰めお酒を持ち寄り、子供達は岩山で遊び祭りを楽しんで居たんですよ、今は人口減少高齢化になり祭りは公民館で行う様になりました」

子供の頃から［フサナキ］で行われていた祭りが無くなったと言い寂しそうな表情を見せた。斎

藤は話題を変えて
「行山さんそこで夜釣りをしていた時あの沖の当たりで何かが浮き上がる様な微かな音と、ライトが一瞬光り船影が浮かんだ様に見え暫くすると微かな船影が理久の浜の方向に消えたのですが」
斎藤が年明け早々に夜釣りで見た光景を話すと行山さんは
「あの辺は水深が深く釣りや潜り漁をする人達はいないと思いますよ、民宿の船がお客様を案内しているとも思えませんが」
行山さんも又福村さんと同じ様な事を言う。
船が理久の浜の方に消えたのは間違い無い、民宿「理久の浜」所有の船だとしたら、何かが浮かび上がる様な音と関係しているのか？　増築された新しい棟、白いクルーザー、そして沖の方で何かが浮き上がった様な音とライトに一瞬浮かんだ船影に繋がりが有るのか？　斎藤は思いを巡らせた。
「やはり今後民宿「理久の浜」を注視する必要が有る、独り言を呟き理久の浜の方向に視線を移した。
水平線を見ると青空の下に加計呂麻島がくっきりと浮かんで見える
「行山さん、奄美大島の瀬戸内町にミサイル基地が出来たのはご存知ですか？」
何気なく聞いてみた。

「ミサイル基地の事かね、かなり以前からミサイル基地建設の計画は有りましたよ、ミサイル基地が建設されたら敵の攻撃目標になるから反対だとか、ミサイル基地が無ければ敵に簡単に侵攻され制圧されるから、基地の建設に賛成だとか、賛否両論渦巻いていましたよ、実は徳之島にも沖縄普天間基地の一部を移転する計画が上がりましてね、当時基地移転反対運動が島内上げて噴きあがりましたよ、私は当時役場に勤めていましたが、基地が移転して来たら基地建設や保守工事で島内の経済は潤うと考えましたが、反面騒音や事故の不安で絶えず悩ませられる事になる、とも考え複雑な心境になりましたね、その内に基地移転の計画は立ち消えんになりましたけど」

ここまで言うと行山さんは加計呂麻島の方向を見ながら岩に腰を下ろしてまた語り出した。

「しかし某大国の軍事力強化や尖閣諸島への軍事圧力とか、ロシアのクリミヤ半島軍事侵攻併合、台湾有事が想定される様になりミサイル基地に対する反対意見も弱くなってきた。たまに友人達と酒を飲みながら話題になるんですが、もし台湾が某大国に併合されたら次は沖縄が狙われる、その前に奄美大島の制圧にかかるだろう奄美大島を制圧した後、台湾と奄美大島から沖縄を挟み撃ちにする作戦を立てるはずだ、この様な事を言う友人もいるんですよ」

この話を斎藤はなんと大袈裟なと聞いていたが、あながち大袈裟な話では無く現実に起こり得る事かなとの思いに駆られた。

「私が子供の頃母親に連れられてＢ円を日本円に交換する為郵便局に行ったのを微かに覚えている」

「Ｂ円？」斎藤が聞き返した、初めて聞く通貨名だからだ。

「どんな理由で有れ日本は戦争を始めそして多くの命を犠牲にして戦争に敗れ降伏して多くの代償を支払わされた、沖縄県は通貨がドルに奄美群島は米軍が発行するＢ円に置き換えられた。他国に制圧されると全てが戦勝国の論理で統治される、奄美大島群島や沖縄県は子供が母親から引き離される様な思いだったのだろう」

行山さんはこの様に米国による統治下の事を言いながら斎藤の顔を見た。

「Ｂ円は何時頃まで続いたんですか？」

「先人達が奄美群島上げての祖国日本復帰運動を展開し一九五一年十二月二五日に祖国日本への複帰を果たした、奄美群島の人達に取り祖国日本への複帰は恋い焦がれた母親の胸に帰る様な心境だったと思う、この日を境にＢ円から日本円に切変わった。翌年小学一年生の時祖国日本複帰一周年記念行事として十二月二五日夜に提灯を持ち学校に集まり村内を提灯行列したのを覚えている、子供心に祖国日本複帰がどの様な事かは解らないまま皆なワクワクしながら歩いたのを思いだす」

この様な奄美群島の歴史を語りながら空を見上げた。

「米軍の統治が六宇年も続いたのですか?」

斎藤は一九五一年に吉田茂首相が米国に渡りサンフランシスコ講和会議に出席し講和条約を締結して米国を中心にした占領軍による占領状態から日本は解放された、翌年に独立国家として国際社会に複帰した歴史を学校で学んでいた。

横から行山さんの奥さんが子供の頃に見た光景を微かに覚えていると語り出した。

「私の叔父さんが満洲に出兵しソ連軍の捕虜になりシベリアに連行され、七年間に渡りシベリア鉄道の建設や森林筏裁の重労働に従事させられていた、奄美群島が祖国日本に複帰した翌年にシベリアから帰還してきた。母親がよくぞ生きて帰って来てくれたと泣きながら青年を抱きしめていたのを覚えている」

奥さんもまたこの様な事を思いだしたと言いながら斎藤に顔を向けてきた。行山さんが又語り出した。

「もし当時北海道がソ連に占領されていたら多くの若者がシベリアに連行され重労働に従事させられたと思う、他国から侵略されない為にも独自の強力な抑止力は保持すべきだと思う、特に独裁政権の長期独裁者はレガシーを求めて他国に侵攻する事を夢見るらしいと本で読んだ事が有る」

この様な事を言い、立ち上がり祖国を守る為に空中戦を戦い散っていった若き命に思いを馳せたのか［トンバラ］見つめた。

諜報員二人と社長は島内で一番高い標高六四四メートルの井ノ川岳山頂に居た、諜報員Aが双眼鏡を手に加計呂麻島方面を見つめている

「あの島の向こうにミサイル基地が有るのか」と言い、後ろに向きを変え

「沖永良部島の向こうに沖縄が有るのか、確かに奄美大島のミサイル基地は我が国の空軍機や戦艦に取り脅威に違い無い、本国が神経を使うのも理解できる」

等と言い、双眼鏡を諜報員Bに渡した。

「本国はどの様な情報を得たいのだろうか?」

社長が諜報員二人を見ながら聞いた。

「おそらく奄美大島のミサイル基地は沖縄に展開する米軍のミサイル基地と連携しているはずだ、ミサイルの射程距離やレーダーによる誘導システムの情報だと思う、日本の対艦ミサイルの性能は米軍の対艦ミサイルの性能を凌ぐと言われているからな」

諜報員Aが日本の対艦ミサイル性能の高さを強調して本国の空軍機や戦艦に取り脅威になると指摘した。

「この山の標高はどの位だろうか？」

「確か標高は六四四メートルのはずだ、奄美群島では高い山に属している」

社長は複雑な心境になりならら井ノ川岳の標高を即答した。

「此の山頂にレーダー基地が設置される事も予想される、報告書に書いておきます、明日から海底ケーブル中継器を探し出し中継器に盗聴器を取り付ける計画を進めます」

山頂に霧がかかり出した、三人が遠くに見える理久の浜や母間集落を見下ろしながら下山を始めた時、ジェット爆音に振り向くと右下から山肌すれすれに機体に星のマークを付け垂直尾翼を二本立てたジェット戦闘機二機が機体を傾け主翼の下に装着したミサイルを見せ、爆音を轟かせ理久の浜方面に飛行し理久湾の上空で反転する様に加計呂麻島方面に飛び去り視界から消えた。

「あの戦闘機は沖縄の嘉手納基地から飛来して来た米軍のF15戦闘機の様だ、通常任務のパトロール飛行をしているのだろう」

諜報員Aが戦闘機を目で追いながら加計呂麻島方面を見た。

斎藤は行山さん夫婦と別れ駐車場に戻り無線を手にした。

「こちら花徳駐在所です、指令部応答願います」

「指令部です、どうぞ」「年明けに花時名漁港沖で目撃した事に付いて報告します。夜十時頃夜釣りをしていた時沖の方で何かが浮き上がる様な音がして注視すると一瞬ライトに船影が浮かび理久の浜方面に消えていくのを目撃しました、今現地に来て地元の人に聞くとあの辺は水深が深く釣りや潜り漁をする人はい無いとの事です、不審な出来事として報告します。以上」

「指令部了解、本件を記録しておきます」

報告を終え駐在所に帰る途中民宿「理久の浜」を覗くと未だジープは帰っていない様だ、お客様を山間部にでも案内しているのかな？　駐在所に戻りジャンパーに着替えて近所の食堂に出かけた。

この食堂の大将は地元の高校を卒業して京都の大きな料亭に就職して十年ほど調理の腕を磨き高校の同級生と結婚し五年前に帰郷して食堂「潮風」を開店したと聞いている。

斎藤は此の食堂自慢の一ッで有る角煮定食が好きだ、豚肉を角切りにして黒砂糖でじっくりと煮込み更に大根と煮込んでいて、口に入れるととろける様に美味しい。

食堂に入ると「いらっしゃいませ」女将が声を掛けた後「先程お出かけの様でしたけど何か有ったんですか？」

女将は斎藤が休日なのに制服で出かけたのを見ていた様だ。

「いやたいした事では有りませんよ」

女将さんの顔を見て空いている窓際の席に腰を下ろした。

「角煮定食と湯豆腐、それと熱燗お願いします」

斎藤は最近お酒も嗜む様になってきている。

隣のテーブルで食事をしていた老夫婦が「駐在さんは何処から来なさったのかね？」

斎藤に顔を向け声をかけてきた、確か此の老夫婦は住民確認訪問をした小学校の近くに住んでいる新川さん夫婦だ。

「鹿児島市出身ですよ」「鹿児島の人かね、私達が若い頃本土に行くのには亀徳港から船に乗り神戸に出るか、鹿児島に行き夜行列車で関西や東京に向かうかだった、今は飛行機でひとっ飛び便利良くなったもんです」

お爺ちゃんは学校を卒業して職を求めて島を出たのだろうか？　そんな事を思いながらお爺ちゃ

んの話に耳を傾けた。
「私も学校を卒業して直ぐに職を求めて大阪の姉を頼り亀徳港から船に乗り鹿児島に向かったけどね、当時の船は小さくて船は揺れに揺れて船酔いに悩まされ寝るに寝れずにいましてね、ウトウトしている内に揺れも収まり甲板に出ると夜が明け錦江湾に滑り込んでいた、右側を見ると煙を上げている山が見えたあれが桜島か、小さな漁船が鯛を釣り上げたのか漁師さんが船に向かい鯛を手に掲げて見せてくれた、あの時の光景が今でも夢の様に覚えているんですよ」

お爺ちゃんは初めて島外に出た時の事を懐かしそうに語る。
「お爺ちゃん一杯どうぞ」斎藤はお爺ちゃんの盃に熱燗を注いだ

気持ち良くなったのかお爺ちゃんは又語り出した「船の中で二人の男性が親切にしてくれた、若い男性は琉球大学を卒業して就職が決まっている神戸の会社に向かうと言う、中年の男性は東京に行くと言い、夜行列車の発車時刻まで旅館で休憩しようと先頭を歩いて行く、後に続いて歩いていると黒い石の山が有る、これが石炭か？　と思い通り過ぎた」

ここまで言うとお爺ちゃんは話を止めて
「駐在さんもどうぞ」斎藤の盃にお酒を注いでくれた。お爺ちゃんは石炭を見るのが初めてだったと言う、当時島の燃料はマキが大半でようやくプロパンガスが普及しだした頃らしい。

　お爺ちゃんは美味しそうに盃を口に運び又話を続けた。

「旅館に入り風呂を浴びて食事を済ませ大きな商店街を散歩したりして時間を過ごし夜行列車に乗り込んだ、ホームで学生服の一団が大勢の人達に見送られ前の車両に乗り込んで行くがく見えのた、春の選抜高校野球大会に出場する選手達だった、学校に硬式野球部は無かったかと思い応援歌を聞いている内に汽車は東京に向かい発車した。間もなく巡回してきた車掌さんに大阪に居る姉宛てに「大阪駅迎え頼む」の電報をお願いした」

　横からお婆ちゃんが「あの頃は皆なその様にして大阪や東京に向かったね」と言いお爺ちゃんと顔を見合わせた。

　斎藤がお爺ちゃんの盃にお代わりを注ぐと美味しそうに飲み干してから話を続けた。

「社会に出て働きだした頃「俺は国民が豊かになるので有れば社会主義政策でも取り入れる」と公言し社会保険制度を充実させた岸首相や「貧乏人は麦飯を喰え」と暴言を吐きながらも所得倍増論をぶち上げ経済界が此れに応じ実現させた池田首相、この様な保守大物政治家達が国を先導していた。この様な事を新聞やニュースで見聞きし働き保険に加入し税金を納めさえしていたら将来は明るいと思い定年まで懸命に働いた。今は年金を貰いささやかながらも老後を楽しむ事ができている、これも国の年金制度のお蔭かね」

お爺ちゃんはこの様な事を言い斎藤に顔を向けた。

そう言えば斎藤のお爺ちゃんも高校を卒業して就職が決まっていた会社が有る東京に夜行列車で向かったと聞いた事が有る。

此の老夫婦も斎藤の祖父母と同じ位いの年齢かなと思うとなんとなく親しみを感じた。


夜十一時民宿［理久の浜］の駐車場にマイクロバス帰り停車した。

午後六時から母間反川地区の婦人会八名の新年会が有り各家に送り届けてきたところだ。

最近各集落の忘年会や新年会に良く利用して戴いている。従業員の二人は既に帰宅していた。今日のお泊りのお客様は二組、まだ窓に明かりが付いている、テレビを見ながらくつろいでいらしゃる様だ。

社長と女将は遅い夕食を終え諜報員達の部屋に向かった、明日から海底ケーブルの探索に付いて打ち合わせがしたいと言われていたからだ。

「今お客様を送り届けてきた」社長と女将は諜報員の前に座った。

「海底ケーブルの探索は誰にも気付かれ無い様に勧めなければならない」諜報員Aが前置きした後今後の海底ケーブルの探索方法に付いて打ち合わせを始めた。

「今後海底ケーブルの探索は私達二人で行います、私達二人は民宿［理久の浜］に長期滞在する神奈川県某大学の海洋研究者として通して下さい、そして海洋研究を行う私達が活動しやすい様に便宜を計って下さい」

二人はあくまでも海洋研究者として通し、怪しまれない様にするつもりだ。

「どの様な方法で海底ケーブルを探し出すのですか？」

社長は諜報員達の顔を見つめ質問した。

「先ず海底ケーブルが地中から海底に出ている位置を探さなければならない、多分陸揚げ室前の砂浜の中を通り海底に伸びているはずです、船を利用し水中カメラで探索する事から始める予定です」

諜報員Aが具体的に探索計画を述べた。

「中継器が見つかったとして問題は中継器の有る水深だな、二五メートル位迄なら私達で対応できるがそれ以上の水深だと特殊な訓練を受けた人達の応援が必要になります」

諜報員Bが水深の深さの懸念を言い真剣な表情で皆を見回した。

「クルーザーとジープは当面私達が海洋研究の為に借り受けた事にして私達が乗り込み操船します、従業員にもこの様に伝えておいて下さい」

諜報員達は海底ケーブル探索が従業員達に気付かれる事を警戒している様だ。

「今の時期釣りをする客も少なく問題無いが中継器に盗聴器を取り付けた後はどうする予定ですか？」社長が二人の顔を見た。

「盗聴器を取り付けた後私達は東京に戻ります、三ヶ月後に来島し盗聴器を回収して新しい盗聴器取り付けます、本部は九ヶ月間の情報を得る予定の様ですが」

諜報員Aが大まかな盗聴計画を言い社長と女将に顔を向け了解を求め天井を仰いだ、海底ケーブル中継器を見付け出す事ができるのだろうか？　少し不安が頭を過ぎるのだろう。

「盗聴器の解析は何処で行うのですか？　まさか此処で解析するのではないでしょうな」

社長が厳しい表情で聞いた、中継器から抜き取り盗聴器に記録された情報を解析して軍事情報を抜き出す作業が必要になる、不審な動きを従業員達に気付かれたくないからだ。

「盗聴器の解析には特殊な機器が必要になります、おそらく本部の情報局で解析する事になると思います、私達の任務は盗聴器を中継器に取り付けて回収し本部に渡すだけです」

　課報員Aが社長の顔を見据えて不安を取り除く様に答えた。

「回収した盗聴器はどの様にして持ち出すのですか？　空港での手荷物検査が厳重になっていると聞きますが」

　再び社長が不安そうに聞き返した、手荷物検査で引っ掛かると民宿が疑われるのを恐れている様だ。

「盗聴器の持ち出しに方法に付いては盗聴器の回収間近になると鈴木健二、美和子夫婦の名前で宿泊の予約が入ります、その時に何らかの指示が有ります。とにかく海底ケーブル中継器を見付けるのが先決です」

　この様な打ち合わせを行っている最中に場を外した女将が熱燗や焼いたスルメをお盆に乗せて運んで来た。

　翌日課報員二人はクルーザーに乗り込みエンジンをかけた、快晴で風も無く陽光に温もりが感じられる、課報員Aが操船し斜めに進んで「赤い小屋」の前当たりで停船した。

「多分此の辺りから海底ケーブルは地中から海底に出ているはずだ

二人は「赤い小屋」の方を向きながら一人が水中カメラの付いた棒を海中に入れた、水深は三メートル位か透明度は高く海底の様子が鮮明にモニターに映し出されている。

諜報員Aが操船しリーフ辺りまで進み反転して赤い小屋の前を通り過ぎて又反転して少し斜めの方向にクルーザーを進めた、モニターにはサンゴに生え揺れている海藻の周りで色鮮やかな小魚が戯れている光景が映し出されている。

「海中写真も撮っておいてくれるか」諜報員AがBに指示を出した

写真は事務所に飾り海洋調査を装う為だろう。

この日は二時間の予定でクルーザーを借りている低速でジグザグ運航を繰り返して少しずつ沖の方に進めた。

「あの白い船面白い走り方をしているね、何か探しているのかね？」

老人ホーム庭先のベンチに座り膝に毛布を当てたお婆ちゃん達数人が日向ぼっこをし海の方を見てお喋りしている。陽光に温もりが有り庭に出ているのだろう、此の老人ホームは高台に有り見晴らしが良い。弓なり状の入り江は海底に白い砂地を見せながら沖の方に進むにつれて濃いブルーにと変化していく。

珊瑚礁の内海に突き出た岩山［フサナキ］と花時名漁港が見え、その向こうに干潮時なのか沖の珊瑚礁が外環状のリーフを造り内海を形成しているのが見える。

「今日はこの辺で探索を終えようか、午後から釣りの予約が有るらしい、ＧＰＳで記録を取っておいてくれ」

諜報員二人はクルーザーを沖合で大きく反転させて係留地点に船を戻した。

斎藤は県道に出て通学生達を見守っていると峠からマイクロバスが下って来た、マイクロバスの横に大きく民宿［理久の浜］と書かれている、運転しているのは民宿の社長だ、斎藤に軽く会釈をして通り過ぎた、後部座席にお客様が六人座っているお客様を乗せて観光案内に行くのだろうか？そう思いマイクロバスを見送った。
登校時間も過ぎた様だ、駐在所に戻ろうとすると一人の中学生が小走りで近ずいて来た、この前の学生だ又寝過ごしたのだろう「転ぶなよ」声を掛けると手を振り走り去った。
駐在所に戻り書類を整理しながらコーヒーを飲んでいると電話が鳴り受話器を取った
「駐在さん夕べからお爺ちゃんが行方不明になっているんです」中年の女性が早口でお爺ちゃんが

行方不明だと伝えてきた。

「夕べからお爺ちゃんが行方不明に、付近を捜しましたか？」

　斎藤が聞き返した。

「はい今近所の人達と手分けして探していますが不安でお電話しました」

「場所は何処ですか？　お名前は？」「花時名の前田友一です花時名漁港の手前の辻を左に入って二軒目の家です」

「前田さんですね、これから向かいます」電話を置いて無線を取り
「こちら花徳駐在所、指令部応答願います」「こちら指令部どうぞ」

「花時名で前田さんのお爺ちゃんが昨夜から行方不明になっています、これから現場に向かいます」

「指令部了解」

　連絡を終えると単車に跨り現場に急いだ、花時名漁港の手前の辻を左に入ると家の前で女性が立つていた。

「駐在さんすみませんお電話した前田千枝子です、今主人の友一と近所の人達が探しに出かけてくれています」

此の女性は住民確認訪問で応対してくれていて面識が有る。

「お爺ちゃんがいなくなったのに気付いたのは何時頃ですか？」

「お爺ちゃんは其処の離れで住んでいるのですが食事は私達夫婦と一緒に食べているんです、朝食の準備ができたので呼びに行くといなかつたんです、辺りを探しても見付からず、今迄黙って出かけた事も無く心配で近所の人達にも頼んで探して貰っているんです」

「お爺ちゃんは今迄徘徊した事は有りますか？」

遠回しに認知症がないか聞いてみた。

「いいえ、今迄徘徊した事もないですし言葉にも問題は有りませんけど」

認知症は無いと言う。

そう言えば住民確認訪問をした時お爺ちゃんがしっかりとした言葉で応対してくれた事を思いだした。

「畑まで行って見たが見付からなかった何処に行ったんだろうか？」

息子の友一さんが息を切らしながら帰って来た。

「駐在さんも来てくれていたんですか、すみませんね」

と言い額の汗を拭いた。

「夕食時お爺ちゃんに変わった事は感じませんでしたか？」

斎藤の問いかけに「夕食時ジャガイモ畑の事や砂糖キビ畑の事などを話し合いながら九時頃に離れに帰ったのですけど、特に異変は有りませんでした」

そこに「理久の浜迄行って見たが見付からなかった」息を切らしながら近所の人が駆け込んで来た。

「お爺ちゃんは夜釣りに行かれますか？」斎藤はひょっとして夜釣りに出かけたかも知れないと思い聞いてみた。

「たまに夜釣りに出かけたりはしていましたが」ひょっとしてと思ったのか友一さんが小屋に入っていった。

「短い竿とクーラーボックスが無い、夜釣りに行ったらしい」

釣り具が無いのに気付いた様だ。

「釣りはいつもどの辺り迄行くんですか？」斎藤が聞くと
「何時も其処の漁港周辺です、歳も歳ですので余り遠い所にはいきませんが」

息子さんは斎藤の顔を見てそう遠くには行かないはずですと答えた。

斎藤は息子さん達と漁港に急いだ、海は満潮で沖に伸びている珊瑚礁は海中に沈み所々に白い波を立たせている、漁港に三艘の漁船が係留されていた、未だ漁には出ていない様だ。

斎藤は岸壁から海底を見ながら移動した、海中に転落したかも知れないと思うからだ。海水は透き通り岸壁に生えている海藻の周りに小魚が戯れている、海に転落した様子は無い様だ、満ち潮の為沖に流されたとは考えられない。

「お爺ちゃんが漁港以外で釣りに行くと思われる所は有りませんか？」

「何時も此の漁港周辺で釣りを楽しんでいるはずですが」

斎藤が岩山の「フサナキ」に向かい「あの岩山の先き当たりで釣りが出来る場所は有りませんか？」

岩山なら満潮に関係なく釣りに行けると思い聞いてみた。

「そう言えば軍艦石段なら釣りが出来る」息子さんは「フサナキ」に向かい歩き出した。

軍艦石段は岬に有り干潮時でも軍艦石段の下に潮溜まりが有り、多くの小魚が住み着き子供達の遊ぶ場でも有り釣りを楽しむ子供達も多い、この時期シバチと言う魚が良く釣れる。

斎藤が岬の上から見下ろすと二段になっている平らな石段が潮溜まりにせり出していた、軍艦の二段砲塔に見立てて軍艦石と誰かが呼んだのだろう。

お爺ちゃんの姿は見えない、下りて行くと釣り竿とクーラーボックスが転がっていた。

「お爺ちゃーん」息子さんが大きな声で呼びかけると「おおーい」近くから呼び返す声が聞こえた。

軍艦石段の手前に幅三メートル深さ二メール位の穴が斜めに切れ込んでいる所が有る。此処は潮も入ってこない為子供達が底迄下りて遊ぶ隠れ家みたいな場所だ、割れ目を覗くとお爺ちゃんがうずくまっているのが確認できた。

「お爺ちゃん大丈夫か？」息子さんが呼びかけた、

「足が痛くて踏ん張れない」どうやら足を骨折したか捻挫している様だ。「私が下りて確認しますのでロープを取ってきて下さい」

斎藤は足場を探しながら底まで下りた。

「お爺ちゃん大丈夫ですか？　どこが痛いですか？」

お爺ちゃんの肩に手をかけ声を掛けた。

「軍艦石段で釣りをしようと思い明け方に懐中電灯で足元を照ながら歩いていたが、そこで足を滑らせて穴に落ちてしまった、這い上がろうとしたが足首が痛くて踏ん張れない」

足首が膨らんでいる、捻挫している様だ。程無く息子さんがロープを手に戻って来た。

「お爺ちゃんにロープを巻き付けますので引き上げて下さい」

斎藤はお爺ちゃんにロープを巻き付けて引き上げる様に合図をし、お爺ちゃんの腰を押し上げた。

息子さんがお爺ちゃんを背負い、斎藤がお爺ちゃんの後を支える様にして天然芝が生えている平らな所迄進み岩に腰を下ろして休憩した。

「こちら花徳駐在所、指令部どうぞ」

「こちら指令部、行方不明者はどうなりましたか？　どうぞ」

「お爺ちゃんを今救助しました、海岸に有る岩山の穴に落ちて足を捻挫し歩けない状態です、救急車の手配をお願いします、どうぞ」

「指令部了解救急車を手配します」

　指令部に救急車手配の連絡を終え辺りを見回した、正面に加計呂麻島が霞んで見える、右側に視線を移すと潮が引きだしたのか花時名湾が姿を現し出している。左側に体を回転させると洗面器を逆さにした様な宮城山が陽光を受け理久の砂浜が白く輝いて見えた。

「おや」斎藤は呟き白いクルーザーを見つめた、妙な動きをして理久浜の少し沖を低速で移動している、何かを探索しているのだろうか？　社長はマイクロバスにお客様を乗せて空港方面に行くのを見ている、操船しているのは女将さんだろうか？　そんな事を思いお爺ちゃんを背負った息子さん達と駐車場に向かった。

　程無く救急車が駐車場に到着した。

「駐在さん有難う御座いました」友一さんと千枝子さんは斎藤にお礼を言い救急車に乗り込んだ。

　斎藤はジグザグ運航していた白いクルーザーが気になり駐在所に帰る途中花時名展望台に登り理久の海を見下ろした。

　相変わらず船は低速でジグザグ運航を繰り返して沖の方に進んでいる様だ、男が棒の様な物を海中に差し込んでいる、突き漁にしては妙だ、何かを調査しているのだろうか？

「民宿に長期滞在者がいるのだろうか？」独り言を呟き展望台を後にした。

　坂道を下り「赤い小屋」の前当たりに来ると向こうからマイクロバスが来るのが見えた、単車を止めて見送ると社長が運転し後部座席にお客様が乗っている。

　昼過ぎ社長が事務処理をしていると、白いクルーザーを係留地点に戻した諜報員二人が事務所に入って来た。

「海底ケーブルは見つかりましたか？」社長が見ていた書類から顔を上げ小声で聞いた。

「未だ見付かりません、もう少し水深が深い所だと思います、今度は深い所を探索して見ます」

其処に従業員の島本さんが入って来た為会話を止めて諜報員二人は事務所を出た。

夜も更けた頃に社長がホットコーヒーが入るポットを持ち、女将がお菓子やカップをお盆に乗せ作戦室に入り諜報員の前に腰を下ろした、諜報員二人はトレーニングウエァに着替えくつろいでいる、女将がホットをカップに入れ

「お疲れ様です、温かいのをどうぞ」二人の前に置いた。

突然諜報員Aが社長と女将に向かい「お子様は？」社長と女将が予想もしていない様な子供の事を聞いてきた。

「男の子が一人います、昨年海外に留学させました、当面帰らないと思います」

何処の国に留学させたかは言わない方が良いと考え伏せた。

「海外に留学されているのですか、将来お子様をどんな職業に就かせる予定ですか？」

諜報員Aは子供の職業に付いて興味が有るのか聞き返した。

「息子はシステムエンジニアに興味が有る様で、将来その様な学部に進みたい夢を持っている様ですが、親として子供が夢を実現するのを願うばかりですよ」

横で女将も頷いている。

其処には子を思う親の心情がしみじみと込められていた。

「私にもこの四月小学校に入学する娘が一人いるんです、出来たら入学式には出席してあげたいと思っていますが、Ｂのお子さんは小学三年生だっけ」諜報員Ｂに顔を向けた。

「男の子だけどやんちゃでカミさんが手を焼いていますよ」

目を細めながら社長と女将さんを見た。

其処には任務を語らなければ子供を持つ普通の親達の会話が醸し出されていた。

社長と女将が外に出て夜空を見上げると黒い雲の流れが早い、風が出てきている様だ。

第五章　海底ケーブル

斎藤は母間地区巡回に行く途中老人ホームに立ち寄った、この老人ホームは高台に有る。見晴らしが良く理久の湾やフサナキ、花時名湾がはっきりと見える。

庭園に入るとお婆ちゃん二人がベンチに座り膝に毛布を当て日向ぼっこをしていた、陽光に温もりが有り庭園に出てきている様だ。

「こんにちは今日は暖かいですね」お婆ちゃんに近ずきながら声を掛けた。

「駐在さんかね、ご苦労様です」お婆ちゃんはちょこんと頭を下げた後海の方に顔を向けた。今日の海は穏やかで陽光に輝き木間旺の林の中木漏れ日を受けた「赤い小屋」がみえる。

「駐在さんあの白い船さっきからおかしな動きをしているが何かを探しているのかね」

お婆ちゃんが白い船を指さした。

斎藤が理久湾に視線を移すと白い船が数日前に見た光景と同じ動きをしていた。

「何時もあの白い船は同じ動きをしているのですか？」

斎藤が聞くとお婆ちゃんは斎藤に顔を向け、昨日も長時間では無いが同じ動きをしていたのを見たと言う。

操船しているのは社長ではなく誰かが船を借り受けて何かを探しているのか？　斎藤は不審に思い県道に出た。

県道脇の畦道に単車を止め木間旺の林の中に有る煉瓦造りの［赤い小屋］に向かい歩いた、木漏れ日が煉瓦造りの赤い壁を所どころ浮き立たせている。

［赤い小屋］は厳重に施錠され外から見る限り異常は見当たらないが小屋を周回した様な無数の足跡が有る、職員が定期点検に来た足跡なのか？　思いを巡らせ小屋を後にした。

民宿［理久の浜］の駐車場に単車を止め事務所に入り声を掛けると事務処理をしていた島本さんが席を立ちカウンター前に出て来て

「こんにちは、駐在さん今日は何か？」要件を聞いてきた。

「社長さんいらっしゃいますか？」長期滞在者がいないか確認するのと凶悪犯の指名手配書を事務所に貼る様に依頼する為だ。

「社長は留守ですよ、お客様の送迎に女将さんと一緒に空港に行っておりますが」

斎藤の顔を見て社長は留守だと答えた。

壁に数枚の新しい写真が飾られている、前に訪問した時に無かった写真だ、誰が撮影したのだろうか？　海中写真でサンゴに生えている海藻の周りで赤や青の色鮮やかな小魚が戯れている写真や、透き通る海底の砂が波打つような模様の写真が飾られていた。

「綺麗な写真ですね、社長さんが撮影されたのですか？」

飾られている数枚の写真を見ながら島本さんに聞いた。

「いいえ社長が撮影した写真では有りません、海洋研究者が撮影した写真なんですよ」

島本さんは意外にも社長が撮影した写真ではなく海洋研究者が撮影したと言う。

「海洋研究者が滞在されているんですか」斎藤が聞き返した。

「はい年明けに来られて新しく増築された棟を貸し切り滞在されています、私達はシーツの交換や掃除以外は立ち入らない様にしていますが」

島本さんは海洋研究者が滞在していると教えてくれた。

徳之島は切り立つ断崖、岩山、砂浜の海岸線と変化に富み海流の流れも早く海洋研究者にとり魅力が有る島なのだろう。

「島本さん海洋研究者は何時頃から滞在されているんですか？　差支え無ければ宿泊者台帳を見せて頂けませんか」

斎藤が宿泊者台帳を要求するとカウンターの下から宿泊者台帳を取り出して斎藤に渡してくれた。台帳を広げると一月五日に宿泊者八名の名前が記載されている、その中に神奈川県某大学海洋研究員二名の名前が有る、年齢三十代、滞在期間は二月八日迄と記入されていた。

一月五日と言えば斎藤が福村さんに誘われて夜釣りに行き、何かが浮き上がる様な微かな音と、一瞬ライトに船影が浮かぶのを目撃したあくる日になる。

斎藤は二人の名前を手帳に書き写して台帳を返した。

「島本さん有難うございました、今日は此の件で来ました」

茶色の封筒から凶悪犯の指名手配書を取り出してカウンターに置き「社長さんに此の凶悪犯の指名手配書を事務所に貼る様にお願いして下さい」

島本さんは凶悪犯の指名手配書を手に取り「解りました社長に伝えておきます」と言い指名手配書を見つめた。

斎藤は単車に跨り母間地区にアクセルを噴かせ、夜釣りの時に目撃した出来事と海洋研究者に繋がりが有るのでは？　と思いを巡らせながら花時名集落の外れに有る川迄来た、川は珊瑚礁の内海に流れ出ている、右側に十字架を屋根に乗せた教会が有る、教会は地域住民の診療所も担っていて地域住民に有り難がれていると聞く。

以前県道は橋を渡り集落の中を直進していたが、今は海岸の護岸工事により海岸に迂回して通して有る。

橋を渡り左折して海岸を進むと墓地の前に駐車場が設けられ数台の車が駐車していた、お墓参りに来ているのだろうと思い単車を止めて海岸に下りた。

干潮時なのか沖合に珊瑚礁のリーフが母間地区を環状線の様に挟み込み内海を形成し風もなく内海は透き通り白い砂地に色鮮やかなサンゴが点在して見える。

「駐在さん」呼ぶ声に振り向くと行山さんと奥さんが「お墓参りに来たんですよ」と言い海岸に下りて来た。

斎藤は内海「イノナ」を見ながら「綺麗な海ですね」行山さんに声を掛けた。

「此処は遠浅で蛸や小魚が多く住み着き夜になると漁リをする人達も多い場所でね、私もたまに漁リをしますが魚や赤い色をしたイイダコ「小さい蛸」が良く獲れ楽しいですよ」

行山さんは夜の漁りも楽しいですと言いイノナを見渡した。

斎藤は今迄夜の漁りをした経験が無く漁りの方法を聞いてみた。

「私の若い頃はアルミで出来たガス燈の底にカーバイトを置き布をかぶせて、上のタンクから水をポタポタ落としてガスを発生させ上部のタンクに付いた反射板の中央にノズルが二本出ていて、そこから噴き出したガスに点火して反射板に火が反射して海面を明るく照らす仕組みでしたが、最近は大きな懐中電灯や、ガスを充填したボンベを使う様になりましたけど、蛸や魚はヤスで付いて獲るんです」

この様な夜の漁りの方法を説明してくれた。

斎藤は夜の漁りの話を聞き、夜の漁リも楽しそうだな一度体験してみたいと思った。

海岸に流木やペットボル、ポリ袋などの塵が無く綺麗に清掃されている事に気付いた。

「海岸も綺麗に掃除されている様ですね」海岸を見渡しながら行山さんに語りかけた。

「徳之島は今世界遺産登録申請に向けて美化活動に取り組んでいます、二月の第二日曜日に海岸の掃除を行いますが駐在さんも参加しませんか、十時に公民館に集合し掃除を終えた後公民館で慰労会を.行いますが」斎藤を美化活動に誘った。

「日曜日ですか、参加させて貰いますよ」地域の人達との交流も大事な事だと日ごろから思っていた。

行山さんは当日九時に車で迎えに行きます、慰労会でお酒を飲んだりしますからと気を利かせた。


民宿の社長と女将がお客様の送迎を終え帰って来た。

「社長お疲れ様です、先程駐在さんが此の凶悪犯の指名手配書を事務所に貼って下さいと持ってきましたが」島本は預かっていた指名手配書を社長に手渡した。

社長は凶悪犯の指名手配書を見て壁に押しピンで止めながら
「他に何か聞かれなかったか？」言葉にいつもと違い鋭さが有る
島本は少し戸惑いながら「壁に貼って有る写真は誰が撮影したのか？　と聞かれましたが」島本は宿泊者名簿の事は伏せた。

「誰が撮影したと答えた？」又鋭い口調で聞き返した。

「宿泊している海洋研究者が撮影したと答えましたが」

島本は駐在さんが宿泊者名簿から海洋研究者の名前を書き写した事は伏せていた方が良いと判断

して口をつぐんだ。

　夜更け社長は作戦室に出向いた。

「海底ケーブルは未だ見付からないのですか？　どの位の水深迄探索されたのですか？」

　社長は少し苛立ちながら諜報員を一瞥し海底ケーブルの探索状況を聞いた。

「水深十メトル位迄探索しましたが未だ見付かりません、方向は間違い無いと思いますが」諜報員は天井を仰ぎうつろな目をした、

「これから深い所を探索する事になりますが、酸素ボンベの備蓄は有りますか？」

　深い所を探索するとなると酸素ボンベが必要になるからだ、

「酸素ボンベの備蓄は充分有るから心配ないが、島本さんから警察官が来たと報告を受けた、用件は凶悪犯の指名手配書を事務所に貼る様にとの依頼だったが、壁に貼って飾って有る海中写真を誰が撮影したかとか聞かれたらしい」

「それで島本さんは壁に飾っている写真を誰が撮影したと警察官に答えたのだろうか？」

　諜報員Aが気になるのか聞き返した。

「滞在中の海洋研究者が撮影したと答え滞在期間も聞かれたので二月十日迄と答えたと報告を受け

ています。特に貴方達を気にする様子もなかったと聞いています」

社長は島本から受けた報告を伝え「早く中継器が見つかれば良いのだが」低く呟いた。

「明日船の予約は入っていますか？　深い所を潜り探索しようと思いますが」

諜報員Bが聞いた。

「明日午前中はお客様をトンバラ周辺の海域に御案内する予定です、あの辺りは大物が釣れる場所で人気が有るんですよ、帰るのは昼過ぎになる予定ですが」

トンバラ岩山は金見崎沖の海中から二つの岩山が突き出ていて周辺の海流の流れも早く、水深も深い為大きな魚が寄り付き絶好の釣り場として人気が有る。

つい最近も釣り上げた大きなローニンアジを抱えたアングラーの姿が写真付きで新聞に掲載されていた。

諜報員Aが「明日再度海底ケーブル陸揚げ室周辺を探索して見ようか、何か海底ケーブルの痕跡が見付かるかも知れない」

社長は二人と打ち合わせを終え作戦室を出た。

既に客室の灯りは消えお客様は眠りに就いている様だ、夜空を見上げると月が雲から出たり入ったりしていた。

「お早う御座います」諜報員二人は食堂に入り海側の席に座った。

海に視線を向けると白いクルーザーが沖に向かい白い波を立てている、お客様を乗せトンバラ岩山に向かっているのだろう。

食堂に二組の夫婦が居る、女将が四角い大きなお盆に朝食を運んでテーブルに配膳して下がろうとすると
「あのー女将さん食後に散歩しようと思いますがどの辺が良いでしょうかね？」

一組の夫婦が散歩したいらしくお勧めの場所を聞いた。

「そうですねー今日は暖かいですから其処の浜に下りてあそこの岩山まで散歩するのも気持ちいいですよ、其処の岩場を超える時は転ば無い様に注意して下さいね、回り道も有りますけど」

女将さんは指さしながら「フサナキ」迄散歩するのを勧めた。

朝食を終えた二人は先程女将さんに散歩コースを訪ねていた夫婦の後に続き浜に出た、夫婦が波打ち際を右に曲がるのを見送り二人は左に折れて木間旺の林の中に入った、木間旺の木立の間から

朝陽が差し込み赤い煉瓦の壁を所どころ浮き立たせている。

二人は周囲に人が居ないのを確認して海底ケーブル陸揚げ室の前に来た、新しい足跡が有る、職員が点検に来た足跡なのだろうか？　諜報員Aが

「海底ケーブルは何処から海中に伸びているのだろうか？　此の方向とは思うが多分地中深く掘り下げて海底に伸びているはずだ」

低い声で呟き赤い壁に背を当て木間旺の林の中を見回した。

［赤い小屋］から少し左に離れた木立の並びに二メートル位の幅で海に向かって開けている様な部分が有る、明らかに他の部分と並びが違う。

「此処から地中深く掘り下げ海底ケーブルは海底に向けて敷設されているに違いない、［赤い小屋］より少し左側か、海中に潜り探索を急ごう」

二人は海底ケーブルが海に向かい伸びていると思われる痕跡を見付けた安堵感からかお互いに笑顔を見せた。

斎藤は花時名展望台に登り理久の海を見下ろしていた、今日の海は穏やかで陽光に輝いている、正面に加計呂麻島が横たわりその向こうにミサイル基地が展開しているのか、理久の浜に視線を移

すと丁度小舟から白いクルーザーに乗り移る二人の男の姿が目に止まった、一人がウエットスーツに身を包み酸素ボンベを背負い手に棒の様な物を下げている。
「魚を突きに行くのかな？」目で白いクルーザーを追いかけていると左の方に進み海岸から少し離れた所で停船した。位置は［赤い小屋］の前当たりか？　船は少し左に進み再び停船した、程無く酸素ボンベを背負った男が背中から海に飛び込み海中に潜り姿を消した。

斎藤は船を見張っていたが、潜った男は暫く浮上して来ないと思い展望台を後にして母間地区にアクセルを回した。

花時名集落の外れに有る橋を渡るとこの前訪問した教会が有る、左に右折して護岸の道を走り郵便局の前で停車した。

郵便局に入ると二人の客がいた、一人はタンカンと書かれたダンボール箱を二つ置き送り状を書いている、本土に居るお子様に送るのだろうか？　もう一人は預金を引き出している様だ。

「こんにちは花徳駐在所の斎藤です、局長さんいらっしゃいますか？」

奥の方に声を掛けると男性が立ち上がり斎藤の前に出て来た。

頭に白いのが目立つ、局長さんとは既に住民確認訪問で顔を合わせていた。

「駐在さんご苦労様です、今日は何か？」

「此の凶悪犯の指名手配書を貼って戴きたいのですが」局長に指名手配書手渡した。

局長は暫く指名手配書を見ていたが

「此の事件はテレビのニュースで見ていましたよ、悲惨な事件だったと覚えています、壁に貼っておきます」

「綺麗な海ですね」斎藤が海を見ながら局長に話しかけた。

「そうですね、朝昼夕と潮の満潮干潮で景色が変化して飽きが来ないんですよ」

局長は言い外に出た、斎藤も後に続いた。

局長は珊瑚礁のリーフに囲まれた内海に突き出ている岩山を指さし

「あそこの岩山の麓で悲しい出来事が有ったんです、親から聞いた事ですけど、当時奄美群島から本土に就職や進学で行くのに小さな船でしか便が無く海難事故多かったらしいです。この日夜中に急に海が荒れたらしいく、沖の方からしきりに船の汽笛が鳴り響いていたが程無く汽笛は聞こえ無くなった。翌朝村人達が海に出て見ると多くのご遺体が満ち潮に乗り漂着していた、中には幼い子供達の姿も有り村人達は涙を流しながら海から御遺体を引き上げた安置した。

警察と役場との話し合いの末あの岩山の麓で火葬し弔った」

局長は親から聞いた悲しい海難事故の事を斎藤に語り、更に

「今は本土に行くのは飛行機か大型のフェリーで渡る様になり海難事故も無くなった。有り難い世の中になったものです」

局長はしみじみとした口調で斎藤に語り継ぎ、岩山を見続けた

斎藤は駐在所に帰る途中花時名展望台に登り理久の湾を見下ろした。

白いクルーザーは先程より少し沖に出て漂うにしている。

何かを探しているのだろうか？　見つめていると潜水していた男がモリで魚を突き浮上してきた。

「やはり突き漁をしていたのか、標本にでもするつもりだろうか？」考えを巡らせ展望台を後にした。

夜更け作戦室で諜報員達に社長と女将が加わり海底ケーブル探索の進捗状況を話し合っていた。

「今日は水深十五メートル位迄潜りましたが見付からない、それ程深くから海底に出ているとは思われない、明日もう一度水深の浅い場所から探索し直してみます」

諜報員Bが潜つて感じた事を言い、

「明日船は空いていますか？」

少し苛立ちを見せている社長の顔を見た。

「明日船の予約はありません」社長が短く即答した。

探索が長引けば警察官に怪しまれ職務質問を受ける事になりかねない事を恐れている。

テーブルに女将が運んで来た焼いたスルメなどがザルに入れ置かれている、諜報員達はスルメに手を伸ばした。

翌朝天候は良く海は凪いでいる二人は白いクルーザーに乗り込み「赤い小屋」当たりの前で停船した、此の辺りの水深は五メートル位か諜報員Bが酸素ボンベを背負い海中に姿を消した。

白い砂地を小魚の群れが通り過ぎていく、諜報員はゆっくりと辺りを見回しながら沖に進んで行くと「おや」海藻が直線で伸びているのに気付いた、海藻は船の上からも見ていたがいずれもサンゴに生え点在していて直線に伸びているのを見るのは初めてだ。

もしかしてと思い直線に伸びている海藻まで行き海藻の中に手を入れてみると何か手応えが有る、海藻を剥してみると黒い太い線が出て来た、海底ケーブルに違いない、遂に見付けた、この先に中継器は有るに違いない。

海面に浮上すると船に向い手招きして船上に這い上がると、口に喰わえた酸素マスクを外した。操舵室から諜報員Ａが出て来て

「どうだった？」「海底ケーブルを見付けた」諜報員Ｂが声を弾ませながら海底ケーブルを見付けたと報告した。

「海底ケーブを見付けた、こんなに浅い所に有ったのか」

安堵したのか諜報員ＡがＢの顔を見つめた。

「海底ケーブルを見付けた、船の上から探索した時は海底ケーブルが海藻に覆われていて解らなかった、ＧＰＳに記録しておいてくれ」

ＧＰＳに記録しておけば次潜る時位置を探し出す時間が省けるからだ、二人は操舵室から沖の方を見つめた、遥か水平線に加計呂麻が横たわっている。

「問題は中継器がどの位の水深に有るか？　だな、先程から警察官が展望台よりこちらを見ていた、気付かれない内に中継器を見付けて盗聴器を取り付けよう」

諜報員Ａは展望台を気にする様にＢに語りかけた。

社長と女将が温かいお茶を持ち作戦室に来た。

「海底ケーブルを見付けた？」社長が顔色も変えずに聞いた。

「海底ケーブルは意外と浅い所から海底に出ていました、海藻に覆われていた為船の上から水中カメラでは確認出来なかった浅い所でした」諜報員Ｂの声が弾んでいる。

「早く中継器を見付けなければなりません、明日船の予約は有りますか？」

「昼間は問題有りません、予約は夜釣りのお客様だけです、最近警察官がしきりに展望台に登っている、感ずかれない様に海洋調査をしている様に振る舞って下さい」

　社長が顔を強張らせる様にして念を押した、警察官が不審感を持てば必ず職務質問に来るはずだ、社長は職務質問を受けるのを恐れた。

　翌日二人は船を低速で運航しＧＰＳで海底ケーブルの位置迄来て音波探知機を作動させ、モニターを凝視しながら船を沖の方に進めた。

　中継器に音波が当たれば強い反応を示すはずだ、モニターを凝視しながら沖の方に進めているが、水深十五メートル付近では未だ反応が無い、水深二十メートル位でモニターに強い反応が出た、今迄の反応とは明らかに違う反応だ。

「此の反応は何だろうか？　ＧＰＳに位置を記録して少し沖に進めてみようか」

前進するにつれてモニターの反応が弱くなった。

「このままバックしてみようか」レバーを後進に切り替えバックをすると再びモニターに強い反応が出た、ＧＰＳは先程の位置を示していた。

「此の反応は中継器に間違いないと思う」

Ｂもモニターを覗き「此の反応は中継器だろう」と頷いた。

「海岸から四百メートル位か？　浅い所で見付かり良かった」

二人は中継器が見つかりホッとした表情で顔を見合わせた。

「明日潜り中継器を確認して盗聴器の取り付け方法を検討しよう」

諜報員Ａが操船する白いクルーザーは沖の方に速度を上げて進み程無く反転させ係留地点に戻した。


客室の灯りが消えた頃、女将が熱燗と焼いたメザシをお盆に乗せ社長と共に作戦室に入って来て諜報員の前に腰を下ろした。

女将が三人の御猪口に熱燗を注いだ、御猪口を飲み干すと熱燗が胃に浸み込み心が和む気持ちになる。

「中継器を見付けました」諜報員Ａが社長に向かい弾んだ様な声で口を開いた。

「ついに見付けましたか、どの辺りで見付けたんですか？」

社長が聞き返した。

「海岸からそう遠くない水深二十メートル位の所に中継器は有りました、確認はしていませんが音波探知機の反応から見てほぼ間違い無いと思います」

「そうですか、水深が浅い所で良かった、一キロ位沖になると急に水深が深くなりますから」

社長は日頃見慣れた海域の様子などを説明した。

「明日潜水して中継器を確認し盗聴器の取付方法を検討したいと思いますが、明日の船の予定は？」

「明日早朝にお客様をトンバラに渡して午後三時に迎えに行く予定です十時から午後一時迄なら空いていますが」

「その時間帯で中継器を確認しよう、位置はＧＰＳに記録しているので直ぐに見付かるはずです」

三人は中継器が気になるのか熱燗を飲みながら黙り込んだ。

社長と女将が外に出ると冷え込んでいる、夜空を見上げたが雲に覆われ星の瞬きはない。明日晴れたら良いがと思う反面音波探知機に反応したのが中継器で無ければ良いがとも思い複雑な心境を覚えた。

二人は手をこすりながら寝室に入った。

斎藤が九時過ぎ展望台に登ると丁度白いクルーザーが理久の浜に帰るのを目撃した「釣り客を案内しての帰りか？」

独り言を呟き展望台を後にした。

母間方面に進み橋を渡り左に折れ農道にアクセルをふかした、農道は割と広く整備されている、製糖時期の為トラックも多く通る、橋の上で単車を止めて下を覗くと、老人が竹で編んだ筒状の籠を川から引き揚げていた。

「何が獲れるのですか？」斎藤の声に振り向き見上げたが直ぐに籠の中を覗き込んだ。

「駐在さんかね、毛蟹が獲れるんですよ」

老人は筒状の籠の中に手を入れ大きな毛蟹を取り出して斎藤に掲げて見せた、大きな親爪が毛で覆われている。

「大きな毛蟹ですね、良く獲れるんですか？」斎藤が大きな声で聞き返すと「最近は余り獲れなくなりましたがね、今日は二匹獲れていい方なんですがね、塩茹でにすると美味しいですよ」

老人はこの様な事を言い笑顔を見せた。

「そうですか獲れて良かたですね、気を付けて帰ってください」

老人に言い残し単車に跨がつた、
少し登ると両側に砂糖キビ畑が広がりを見せる台地に出た、前方の左側に乗用車が止まり女性二人が車の後ろを覗き込んでいる。

斎藤は乗用車の後ろに単車を止め「どうされましたか？」

斎藤の声に女性二人が振り向いた、年齢は斎藤と余り変わらない感じがした。

「あーお巡りさん後ろのタイヤが溝に落ちてしまって」

斎藤を見て少し安堵した様な表情をした。

「何処から来たんですか？」

「福岡から卒業旅行で来ました、レンタカーを借りて三京に行く途中なんです」

眼のクリクリとした丸顔の女性が三京の方に顔を向けた、山の向こうに三京集落が有る。

「手伝いましょうか」二人の女性と共に車体の下に手を入れ「せーのー」声を出して持ち上げたがタイヤは溝から出ない、三回繰り返したが溝から出せないでいた。

エンジン音に斎藤が振り向くと下の方からクレーンを乗せたトックが来た、砂糖キビを積みに行くのだろう。

斎藤が道の中方に出て大きく手をかざすと斎藤の前で停車した、運転席の窓が開き「駐在さん何か？」運転手が声をかけてきた。

「あの車が溝にタイヤを落としてしまっている、手を貸してもらえませんか」

斎藤は指をさして助けを求めた。

「そんな事かね」運転手が隣の男性に声をかけて降りて来た。

年齢は三十歳位か？　黒い髪の毛に頑丈そうな体格をしている

「そこをどきなさい」女性に声を掛けて三人が車体の下に手を入れ

「一、二の三」掛け声と共に車体を持ち上げると難なくタイヤを溝から出して車を道に戻すことが出来た。

「有難うございました」女性二人がペコリと頭を下げた。

「山越えをするにかね」助手席の男が女性に声を掛けた。

「三京に行くところです」

「三京に行くのかね、下り坂は凸凹が多いのでハンドルを取られない様に気を付けなさいよ」

道が悪いことを注意してトラックに乗り込み少し進んで左折し砂糖キビ畑の中に消えた。

「お巡りさん有難うございました」お礼を言い車に乗り込んだ。

「気を付けて行きなさいよ」車を見送り県道に出た。


諜報員二人がウエットスーツに身を包み背中に酸素ボンベを背負い水中カメラに水中電燈を首からぶら下げ作戦室から出ると丁度従業員の島本さんが庭の掃除をていた。

「島本さんこれから海洋調査に行ってきます」

島本は振り向き「お気を付けて行ってらっしゃい」二人を見送った。

諜報員の二人はあらかじめＧＰＳに記録しておいた中継器の地点迄操船してアンカーを投げ入れて船を係留した。

二人は重りが付いたベルトを腰に巻き付けて水中カメラに水を中電燈を持ち、背中から海中に飛び込み海底迄一気に潜り水中電燈を点灯させた、水深二十メートル位になると太陽の光も弱くなり見通しも悪くなる。

二人は五メートル位の間隔を空けて海底ケーブルを捜し始めた、海藻に覆われたサンゴが点在し小魚が戯れている。

先に海底ケーブルを見付けたＢがライトでＡに合図をして海底ケーブルを指さした、二人が海底ケーブルに添い進んで行くと海藻に覆われた太い部分が有る、海藻を剥すと茶色の太い部分が姿を現した。

探し求めていた中継器に間違いないと二人は確信し親指と人差し指を丸めてＯＫのサインを出した。海藻や付着している貝等を取り除き水中カメラで入念に撮影した後船から二十メートル位離れている海面に浮上した、船上に這い上がると酸素マスクを外して仰向けに倒れた。

斎藤は巡回パトロールから帰る途中花時名展望台に登りウエットスーツに身を包んだ二人の男が船に這い上がるのを見ていた。

「今日は二人で海中に潜り海洋調査を行ったのか？」

思いを巡らせ船の二人を見つめた。

「展望台に人がいるが警察官ではないだろうか？　距離も有り我々が何をしているのかまでは解らないと思うが」ＢがＡの顔を見た。

「我々の動きに不信感を持っているのなら既に職務質問を受けているはずだ、気付かれない内に盗聴器の取り付けを急ごう」

諜報員Ａが船を沖の方に進め大きく反転させて理久の浜に船首を向けた。

斎藤は白いクルーザーを目で追いかけていたが船が停船し二人が小船に乗り移るのを見届けてから展望台を下りて、民宿［理久の浜］の事務所に立ち寄ると社長が事務処理をしてい最中だった。

女将さんや島本さんはランチの準備をしているのか厨房が賑やかだ、昼のランチに訪れる運転手さん達も多い。

斎藤が事務所の壁に貼る様にお願いした凶悪犯の指名手配書について何か情報は無いか？　などと社長に話しかけている所にウエットスーツを着た二人の男が事務所に入って来た、斎藤に気付き鋭い視線を向けてきたが直ぐに温和な顔に戻り斎藤に会釈をした。

首に水中カメラや水中電燈を下げ手に魚貝類や海藻が入っている黒い網状の袋を下げている。魚はモリで突いて獲ったのか？

「海洋調査ですか？」斎藤の問いかけに
「海洋調査です、これらの魚介類は珍しい種類に属します」

一人が網を広げて斎藤に見せた。

「そうですか、海中写真も見たいですね」

壁に貼られた海中写真を見て斎藤が興味を示すと
「また事務所の壁に海中写真を貼っておきますので見て下さい」

と言い残して二人は宿泊棟に向かった。

夜更け社長と女将は作戦室に居た、諜報員二人がパソコンに映し出されている中継器の映像を見ながら緊張気味に盗聴器の取付方法を検討している。

テーブルにサタ豆と焼いたイワシが更に盛り付けられ横にビール瓶が置かれている、サタ豆は落花生の豆を黒砂糖でまぶして造られ古くから島の子供達のおやつや大人の酒の肴として親しまれている。

「最近展望台に警察官がしきりと登っているのが気にかかる、盗聴器の取り付けを急ごう。取付方法は中継器の上に盗聴器を置き結束バンドで固定してビニールシートで覆い紐を巻き付けておく」

諜報員Aが盗聴器の取付方法を説明して三人を見回した。

「明日船の予定は有りません、明日中に盗聴器を取り付けてはどうだろうか？」

社長が盗聴器の取り付けを急ぐ様に促した、どうせ取り付けるのなら早く終わらせた方が民宿が疑われなくて済むとの思いが有るのだろう。女将は無言でパソコンを覗き込んでいる、盗聴器の取付となると複雑な思いになっているのだろう。

「それでは明日の午前中に盗聴器の取り付けを行います」

諜報員Aの言葉にBが頷いた。

社長と女将は作戦室から外に出て夜空を見上げた、冬空はいつもの様に天の川が流れ満点の星が瞬いている「明日も天気は良さそうだな」

二人は寝室に入った。

従業員の島本は朝食の後片付けを終えると、海洋研究者達が宿泊しているベットの交換用シーツを抱えドアをノックし「シーツの交換に来ました」声を掛けて部屋に入った。

左側のテーブルに水中カメラや水中電燈が置かれていた、右側の部屋が海洋研究者達の部屋になっている。

突き当りの部屋からウエットスーツに身を包んだ海洋研究者二人が出て来た、一人が長方形で重たい箱の様な物が入っている黒い袋を下げている。

島本は長方形の重たい様な箱は何に使うのだろうか？　少し不審に思ったが「シーツの交換に来ました」と用件を告げた。

「ご苦労様ですこれから海洋調査に行きます、シーツの交換をお願いします」

諜報員Bは島本さんに声をかけ緊張気味に袋に入っている盗聴器に視線を移した。

二人が事務所に入ると窓や置物を拭いたりしていた女将が二人に気付き

「社長はお客様の送迎で空港に行っています」

社長の留守を伝え、手に下げている黒い袋を見ていよいよ盗聴器を取り付けに行くのかと複雑な思いに駆られた。

其処にコープと書かれたワゴン車が入って来て厨房室の前で停車し

「毎度有難うございます」威勢のいい若い女性が事務所に入って来た、背中にコープと書かれた黄色いパーカーを着ている。

女将は注文書と食材を確認し厨房室に運び入れ出した。

横を諜報員二人は「行って来ます」と声をかけ海の方に姿を消した。

二人は白いクルーザーに乗り込みGPSに記録していた中継器の有る地点迄操船してアンカーを投げ入れた。

今日の海は風も無く穏やかなうねりを見せている。

重りの付いたベルトを腰に巻き付け、首に水中カメラや水中電燈をぶら下げ盗聴器や結促バンドとかビニールシートなどが入った袋を持ち、背中から海に飛び込み一気に海底まで潜った、中継器の位置は昨日確認していた為直ぐに中継器に辿り着く事が出来た。

二人が中継器にこびり付いている貝等を剥していると蛸が近くに居たのか黒い墨を履いてロケットの様に泳ぎ去った。

中継器の表面をタオルで入念に拭き中継器に盗聴器を当て結促バンドで固定した後、更にビニールシートで覆いビニールの紐で結んだ

カメラで角度を変えながら水中写真を撮り終えると、お互いに○Kの合図を出して海面に浮き上がり白いクルザーに這い上がると仰向けに寝転んだ。

「盗聴器の取り付けも終わった、後は三ヶ月後に来島して盗聴器を回収して新しい盗聴器を取り付

けるだけだな」

諜報員Ａがホッとした様な表情でＢに語りかけるとＢが

「本当にあんな物に海底ケーブルから情報を抜き出して記録されるんだろうか？」半信半疑な表情で諜報員Ａに聞き返した。

「本部で特殊な機器を使い盗聴器に記録された情報を抜き出して特殊な装置で情報を解読するはずだ。我々の任務は盗聴器を取り付けて回収して本部に渡す、後は本部の仕事になる。我々は回収した後の事に関わり合う事はない」

諜報員Ａは本部から与えられた任務のみを強調した。

「警察官に怪しまれない様にサンプルを採取して帰ろう」

二人は珊瑚礁のリーフ迄船を操船してアンカーを投げ入れ再び背中から海中に飛び込んだ。

珊瑚礁は海底から隆起して海面に突き出ている、大小の穴が有り小魚や蛸とか伊勢海老が住み着いている。

二人は珊瑚礁迄ゆっくりと泳いで行き、珊瑚礁に沿い海底を目指して潜り始めた、珊瑚礁はかなり落ち込んでいて底が見えない。

潜って行くと海藻が生え小魚が戯れている、伊勢海老が髭を出していた、触ると奥に引っ込んだ、珊瑚礁は伊勢海老にとり絶好の住処なのだろう。

近くを体長一メートルくらいのサメが二尾白い腹を見せながらゆっくりと泳ぎ去った。

サザエやアワビを採取し袋に入れさらに進んでいくと大きな穴が開いている、海底洞窟だ水中電燈で照らし中に潜って行くと二十センチ位の赤い魚の群れがライトに浮かんだ。

天井にライトを当てると赤い色をした高さ二十五センチ幅二十センチの扇型をしたサンゴが群生し、中には黒い色をしたのも混ざっている、地元の人達はこのサンゴを海松と呼んでいる。

二人は赤色をした海松と黒色をした海松を数本採取し袋の中に入れて海面に浮上した。白いクルザーに這い上がり酸素ボンベを外して仰向けに倒れ空を見上げると飛行機雲を引きながらが旅客機が南の方向に飛行している、沖縄に向かう便だろうか？

「この島は変化に富んでいる、いつかこのような任務でなく本来の海洋研究者として来島し色々な生物を採取して研究に専念したいものだ、家族も連れて来て観光もさせたいと思う」

Aの語り掛けにBも「私もそうしたい」諜報員達は盗聴器を取り付けた安ど感からか本来の海洋研究者の穏やかな表情を見せた。

第六章　盗聴器回収

「トクノシマーチュキャリブウシィー」

蛇三線の音色に合わせた男女の掛け合い歌が始まった、どことなく裏声に哀調が有る。

斎藤は日曜日に花時名海岸の清掃活動に参加した後公民館で開かれた慰労会の場に居た、酒も多少嗜む様になりほろ酔い気分で島唄に聞き入っている、島唄は徳之島の方言で歌われている為斎藤には歌の意味が解らない。

隣に座っている行山さんに「この歌の歌詞の意味は何ですか？」と尋ねた。

行山さんはもほろ酔い気分か顔が少し赤い。

「歌の意味かね、歌は男女の機敏な恋心を男女が咬合に歌い合い終わりの無い歌で作詞作曲者は不明です」行山さんはこの様に歌の成り立ちを教えてくれた。

「誰が作ったか解らない歌ですか？」再び斎藤が尋ねた。

「多分徳之島の方言は日本語で書き表すのが難しく歌として歌い継がれてきたんでしょう、他にも島唄保存会の人達により歌い継がれている歌も有りますよ」

奄美群島の方言は日本語で書き表すのが難しいと言う。

鹿児島市にも奄美大島出身者が多く住んで居て、奄美大島出身者が経営する飲食店などで蛇三線の音色に乗り哀調を帯びた島唄を良く聞いていた事を思い出した。

「駐在さんお疲れ様です、どうぞ」中年の女性が斎藤の前に座りビール瓶を差し出してきた。

斎藤が顔を上げると民宿〔理久の浜〕で働いている島本さんだ。

休みを貰い斎藤達と一緒に清掃活動に汗を流していた。

「有難うございます」コップを空け両手でコップを持ちビールを注いで貰い喉を潤した。

「会長さんもどうぞ」隣の行山さんに向かいビール瓶を差し出した。

「有難う、ところで民宿のお客様の入りはどうですか？」

島本さんは御主人を亡くし落ち込んで暫く民宿を休業していたが数年前から賃貸で貸し出し、経営からは離れて従業員として働き元気を取り戻していた。

「お陰様でリピーターのお客様も増えてきています、夏の海水浴に来られるお客様に期待しているんですよ」島本が笑顔で答えた。

「それは何よりだ、御主人を亡くされて心配していたが元気を取り戻した様で良かった、海洋研究者達は未だ滞在されているの？」

　隣で会話を聞いていた斎藤は行山さんが海洋研究者達が滞在しているのを知っていたのかと思い耳を傾け、焼いたスルメを摘まんだ。

「海洋研究者のお二人は月初めに関東の大学にお帰りになりましたけど、海洋研究者の方と社長がお話しされているのを立ち聞きしたのですけど、また近い内にお起こしになる様な事を耳にしました、また理久の海で海洋研究を続けるのでしょうかねー」

　島本さんはこの様な事を言い行山さんを見つめた。

「島本さんもどうぞ」行山さんが伏せていたコップを渡してビールを注いだ

「会長さん有難うございます」ビールを一口飲み

「会長さん徳之島の世界遺産登録の審査は何時頃になりますか？」

　行山さんは奄美大島や沖縄と連携して世界遺産登録申請に向けた運動に尽力していた。

「近い内に何らかの動きが有る様な事は聞いていますよ、まー我々は何時審査に来られてもいい様に受け持ち区域の美化活動に注力するのみですがな」

行山さんはこの様に言いサタ豆を摘まんだ。

「徳之島が世界遺産に登録されたら観光客が増えるのでは？　と期待しているのですよ」

島本は世界遺産登録に期待していると言いながら斎藤に向きを変え

「お代わりどうぞ」斎藤のコップにビールを注いだ。

「島本さん海洋研究者達に何か変わった事は有りませんでしたか？」

斎藤は海洋研究者達が海洋研究の為だけに民宿［理久の浜］に滞在していたのか？　と最近思い始めていた。

「海洋研究者達に不審な動きですか？　二人は船が空いている時に船を借り受け、魚介類や海藻を採取してきて写真を撮ったり標本を造ったりしていましたけど」

島本は海洋研究者に不審な動きはなく何故駐在さんがその様な事を聞くのか？　と思い首を傾げた。

「駐在さん何か気になる事でも起きたのですか？」

横から行山さんが会話に割り込んできた。

「いや最近凶悪犯の指名手配書が配付されてきたりしていますので」

と答え諜報員の侵入に警戒している事は話すべきではないと思い諜報員の件は伏せた。

「まー狭い島の事です、不審な人が現れたらすぐに解りますがな」

行山さんはビールを飲みながら直ぐに噂が広がり解ると言う。

「この前、早朝ウエットスーツを着て海洋調査に出かける時手に下げていた袋の中に長方形の箱の様な物が有りましたが、海洋調査から帰った時に長方形の箱は無く、採取したと思われる貝や海松のみが袋に入っていて、長方形の箱はどうしたのかしら？　とは思いましたけどね」

島本さんは海洋研究者達が海洋調査から帰る時何故長方形の箱が無いのか？　気になる様な事を言い斎藤を見た。

「島本さん、海洋研究者達が出かける時に、袋に長方形の箱が入っていて海洋調査から帰る時に箱は無かったんですか？　船に置いてきたかも知れませんね」

又使用するので有れば船に置いてくるとも考えられるからだ。

「船にお客様の持ち物は置いてはいけない決まりなんですよ」

島本さんはお客様が持ち物を船に置いてくる事はまず有り得ないと言う。

斉藤達が研究者達の事を話している内に島唄も終わりカラオケ大会が始まっていた。

「駐在さんも何か歌いませんか？」島本さんがマイクを勧めて来た。

学生時代は剣道に明け暮れ武骨な方で歌は余り得意な方ではないがほろ酔い加減も有り何か歌いたい気分になった。

小さい頃父親が良くギターを弾きながら口ずさんでいた歌を聴いている内に、心の中に座りお気に入りの歌になり、父親からギターを借りて見様見真似で弾き口ずさんでいる内にいつしかギターを弾き歌える様になっていた。

その歌は「風に震える緑の草原」から始まる大スター加山雄三さんが大ヒットを飛ばした「旅人よ」だ。

斎藤はマイクの傍に居た人からギターを借りて音階を合わせマイクの前に立つとそれまでザワ付いていた会場が静まり視線が斎藤に集中してきた。

斎藤が歌い終えると大きな拍手が起き席に帰ろうとすると、数人の叔父さん達が斎藤の袖を引き座る様に促し新しいコップを手渡してきてビールを注いでくれた。

「旅人よは若い頃に良く聴き歌ったもんだよ、若い駐在さんが歌ってくれて嬉しいねー」

日焼けし年輪を刻んだ顔に笑顔を浮かべ斎藤の肩を叩いた。

宴会は深夜まで続き最後は軽やかな島唄のリズムに乗り輪になって踊りお開きになった。

ほろ酔い気分の斎藤を行山さんの奥さんが駐在所迄送ると言い車を回してきてくれた。

奥さんが運転する車は展望台を過ぎ下って行く、右下に民宿「理久の浜」が有る、お客様は既に眠りに就いているのか窓の灯りは消えていた。車は程無く駐在所前で停車した。

「駐在さん今日は海岸の清掃に参加して戴き有難うございました」

奥さんがお礼を述べてくれた。

「こちらこそ楽しい一日でしたよ」お礼を言いUターンして行く車を見送り駐在所に入った。


「うーん」低い唸り声を上げながらモニターを覗き込んでいる隊員が首を傾げた。数日前から映像が乱れたり瞬間的に消えたりする現象が起きているからだ。

「どうした」何か問題でもあるのか?」横の隊員が声を掛けてきた。

此処は瀬戸内町に展開するミサイル基地通信隊指令部だ、ミサイル通信指令部の任務はレーダーで捕捉した敵ミサイルや敵戦闘機とか戦艦の速度や方向を瞬時に割り出し、迎撃体制の指令を出す、言わばミサイル基地の心臓部に当たる。

「最近沖縄の米軍基地からテストで送られてくる映像に乱れが出たり瞬間的に消えたりする現象が

起きている」

　モニターを覗き込んでいた隊員が隣に座る隊員に起きている現象を説明した。

「機器の不具合では無いのか？」横の隊員がモニターを覗き指摘すると、「機器類は先月機器を納入しているメーカーの技術者と通信隊技官が点検して問題は無かった」

「点検で問題は無かったのか、それなら通信ケーブルに問題が有るのか？」

　こんな隊員達の会話を聞いていた司令官が技官を伴い傍に来た。

「どうした何か不具合でも起きているのか？」司令官の質問に
「最近沖縄の米軍基地からテスト用に送られてくる映像に乱れが出たり消えたりする現象が起きています」

　隊員が起きている現象を報告して技官に席を譲った。技官はキーボードを叩いたりしていたが「確かに送られてくる信号が弱い様です」司令官に向き直り報告した。

「不具合が有るのか？　テスト段階の内に不具合の部分を見つけ出し解決しなければ本格運用に支障が出る、通信機メーカーと納入業者に連絡を取り点検する事にする、引続き不具合が起きたらその都度報告する様に」

司令官は隊員達に指示を出すと別の場所に移動した。

近代の戦争は相手国を先制攻撃する場合、先ず相手国の電波妨害、通信施設の遮断、破壊から始まると言われている。

近年日本に隣接する国の核装備やミサイル攻撃能力は一段と向上している、情報入手の遅れは国家の存亡に繋がる。


とある日曜日、斎藤は松原駐在所に勤務する有馬先輩から遊びに来ないかと誘われ小林が運転する軽乗用車に乗り込み松原駐在所に向かった。小林は最近軽乗用車を買い島内観光などを楽しんでいる。

小林は三叉路を左に取り直線に伸びる県道を進んだ、両側に広がる砂糖キビ畑は収穫が終わり次の砂糖キビの植え付け準備の為か大きなトラクターが入り畑を耕していた。

小林がハンドルを握りながら「斎藤、彼女との連絡は取っているのか?」突然聞いてきた。

斎藤には鹿児島市の保育園に保育士として勤務している幼馴染の彼女いる、最近やっと保育士としての楽しさが解かってきたなどと電話で聞いていたところだ。

「時々電話で話しはしているけど、小林は東京に就職した彼女と連絡は取っているのか？」小林の彼女との事が気になり聞いてみた。

「彼女が東京に就職してからいつしかともなく連絡は途絶えたよ、やはり有馬先輩が言う様に頻繁にメールとかで連絡は取るべきだったかな、距離が離れた分お互いの心も離れた感じかな、斎藤早く彼女を徳之島に招待しろよ」

小林が遠距離恋愛の難しさを言いながら苦笑いをした。

車はカーナビ案内の通り進み松原駐在所の前で停車した。丁度そこに柔道着を着た有馬先輩が同じく柔道着を着た中学生位の子供数名と自転車で帰って来た。

「駐在さんさようなら」子供達が走り去って行く「気を付けて帰れよ」有馬は声を掛けて見送った。

「有馬先輩、子供達に柔道を教えているんですか」斎藤が聞いた。

「あー日曜日に中学校の体育館で小学生や中高校生に柔道を教えているんだ、最近教え子達の中に県大会迄進み良い成績を取る子供達もいて楽しいよ」

有馬は松原駐在所に着任後間も無く中学柔道部顧問の先生と親しくなり、先生に請われて生徒達に柔道を指導する様になったといきさつを教えてくれた。

「シャワーを浴びてくるから少し待ってくれ」と言い残して風呂場に行き、程無くジャンバーに着替えて出て来た。

「鶏飯の美味しいレストランが有る、まず其処で腹ごしらえをしようか」

三人は小林の軽乗用車に乗り込みレストランに向かった。

車は松原手々集落を抜け県道に出た、此の県道は女子マラソン選手だった高橋尚子さんが此の場所で合宿を張り二〇〇〇年のシドニーオリンピックで金メダルを獲得した、それ以降、尚子ロードとして整備され今も多くの陸上選手達が合宿を張っている。

小林の車は県道の左側を走る陸上選手団の横をスピードを落として追い抜いた、二〇二〇年東京オリンピックに向けた強化合宿を張っている選手団だろう。

小林はコテージ風ホテルの近くに有るレストランの駐車場に車を乗り入れ停車した。

三人がレストランに入ると昼時なのか満席状態の様に見えたが窓際ん四人掛けの席が空いていて其処に案内された。

「いらっしゃいませ、何になさいますか?」若いはつらつとした女性が注文を聞きに来た。

「鶏飯し三ッと食後にホットお願いします」有馬が馴れた様に注文すると若い店員が注文を繰り返

して確認し下がった。

窓越しに差し込んで来る陽光に暖かさが増し春の陽気が感じられる、山肌に山ツツジが群生し所々で開花している、間も無く満開の時期を迎えるだろう。

透き通る海は海底に白い砂やサンゴに生える海藻を見せながら沖の方えと紺碧の色に変化していく。

程無く店員が鶏飯しを配膳してきた、丼ぶりの御飯の横に蒸しあげた鶏肉を割き錦糸卵に椎茸の佃煮が皿に乗せて置いて有る。

三人は御飯の上にこれらを箸で摘み入れて出し汁を掛けて口にかき入れた。

「どうだ美味しいだろう」自慢げに言い鶏飯しを平らげた。

「此れは美味しい、親子丼ぶりとは又違う美味しさですね」

斎藤と小林も満足そうに頷いた。

食後のコーヒーを飲み終えると小林は金見崎方面衣に向かい車を走らせ小さな駐車場に車を止めた。

ソテツが小道の両側から覆い被さる「ソテツトンネル」を抜けて展望台の上に出た。

岬の少し沖合に地元の人達が「トンバラ」と呼ぶ二つの岩山が海面から突き出ているのが見える。

周辺は水深も深く潮の流れも早い。

大物を狙うアングラー達に人気の海域だ。

斎藤は暫く「トンバラ」の上空を見上げた。

「此処の上空で藤野軍曹は米軍艦載機と生死を掛けて空中戦を戦ったのか」

花時名のフサナキに建立されている藤野軍曹の慰霊碑を思い浮かべながら独り言を呟いた。

「空中戦？」有馬先輩と小林が斎藤の顔を見た。

「太平洋戦争の末期其処の岩山の上空で零戦と米軍艦載機とが一対一の空中戦に突入した、お互い弾を撃ち尽くしたのか米軍艦載機は薄い煙を吐きながら沖の方に消え、零戦は燃料切れか？　あそこに見える花時名集落カマチェ浜の少し沖に墜落した、浅瀬の為零戦の日の丸を付けた片側の主翼が海面に突き出ていた、この空中戦を見ていた村人数名が操縦士を助けようと、鎌を持ち零戦迄泳いで行き鎌で風防をこじ開けて操縦士を引き上げたが首に白いマフラーを巻き付けた若き命は既に散っていて村人達は涙を流した。その後花時名の有志達により藤野軍曹の慰霊碑がフサナキに建立されている」

斎藤は行山さんから聞いた戦争末期の出来事を有馬先輩と小林に語り継ぎ上空を見上げた。

「藤野軍曹はどんな思いで操縦桿を握り生死を掛けた空中線を戦ったのだろうか？」

小林が問いかけた。

「国家の戦争から逃れる事は出来ないと悟り、祖国に命は捧げると覚悟を決め、最後は父や母家族の事を思い死力を尽くして戦い散っていったと思う」

有馬先輩がトンバラ岩山の上空を見上げ戦った人達の心境をおもんばかる様にしみじみと語った。

「プリンスビーチに行こうか、俺のお気に入りの場所なんだ」

小林は金見崎を後にプリンスビーチにハンドルを回した。

プリンスビーチは珊瑚礁のリーフが波を遮り内海が広がりを見せている、遠浅で透き通る砂地にサンゴが点在し絶好の海水浴場になっている、波打ち際に打ち上げられた小石に貝殻が多く混ざり貝殻収集に訪れる人達も多い。

芝生の広場が有り屋外ステージやシャワー室が完備され、夏場になると多くの海水浴客が訪れ賑わいを見せる。

広場の中央に昭和四十年頃迄使用されていた砂糖キビから砂糖の原液を絞り出す装置が展示されていた。

装置は台座の上に直径五十センチの歯車が付いた三本のロールを立て中央のロールに丸太が取り

付けらている、丸太を牛に引かせてロールを回転させて、ロールの間に砂糖キビを押し込み反対側に出し反対側から押し返して往復で砂糖キビから原液をを絞り出しパイプで樽に送る構造になっている。絞り出した原液は平らな大きな長方形の鍋で煮詰めて小さな鍋に移し、すりこぎで攪拌して固めていた当時の製糖風景が描かれた絵画付の看板が立てて有った。

有馬先輩に続き斎藤と小林も砂浜に出た、弓なり状の海岸が続き理久の浜が見える。

アダンの葉がせり出しその向こうに標高六四四メートルの井ノ川岳が緩やかな稜線を描き海岸に落とし込んで絵葉書を見ている様な風景を醸し出している。

「此処は休日に良く散歩に来る場所だよ、珍しい貝殻等を見付けて鹿児島の彼女に送ると喜んでくれてね、五月の連休で来島しら案内しようと思ているんだ」

有馬先輩が顔を崩しながら波打ち際に行くと、賑やかにお喋りをしながら貝殻収集をしている女性のグループが居た。

「ムシロ瀬に行こうか」有馬先輩の声に小林は標高五三三メートルの天城山を左手に見て、手手集落を抜け与名間集落から海岸にハンドルを回しムシロ瀬の駐車場に車を止めた。

此の海岸は珊瑚礁と違い花こう岩にムシロを引いた様な切れ目が有る事からムシロ瀬と呼ばれて

いる。展望台から見ると観光客だろうか数組のグループが散歩していた、一人が尻餅をつき傍の人が手を取り引き起こしたりしている、滑りやすい岩の様だ。

「徳之島の地形は、砂浜、珊瑚礁、切り立つ岸壁、花こう岩と変化に富んでいる島だな、空港方面に行こうか」

有馬先輩の声に小林はムシロ瀬を後に空港方面に車を走らせた。

空港近く迄来ると「ウンブキ」と書かれた看板を立てた小さな駐車場が有る。

「車を止めてくれるか」有馬先輩が「ウンブキ」を案内すると言う。

窪地に階段で下りて行くと池になっていた、奥の珊瑚礁の洞窟と繋がっている様だ。洞窟の上の珊瑚礁にガジュマルが生い茂りツル状の枝から根を垂れ下がらせていた。

此処は海岸から四百メートル馴れた陸地に有り洞窟で海と繋がり、潮の満ち引きで水位が変化すると書かれた案内板が立てて有る。

丁度満潮時なのか水位は高い。

近年新種のアナゴが発見されウンブキアナゴと命名されている。

近い内に海底洞窟探検家がウンブキに潜り調査する計画が有る様な事を有馬先輩が言う。

「徳之島空港のレストランでお茶にしようか」

丁度皆な喉も乾いてきたところだ、小林は車のハンドルを空港方面に回し空港の駐車場に車を乗り入れた。

ジェット音に空を見上げると鹿児島からの便が滑走路に降下して来ているのが見えた。

斎藤が待合室に入ると見覚えの有る顔に気付いた、民宿［理久の浜］の社長だ。

斎藤が近ずいていくと社長も斎藤に気付いたのか鋭い視線を向けてきたが直ぐに温和な民宿の社長の眼に変わり斎藤に軽く会釈をしてきた。

「お客様のお迎えですか？」と声を掛けてレストランに入った。

斎藤はレストランの中から窓越しに到着ロビーに向かい歩いている二人の男を目で追いかけた。

二人の男は到着ロビーから出て民宿の社長と会話を交わしていたがやがて社長の後を追い外に出た。

「斎藤あの二人の男知っているのか？」

有馬は斎藤が二人の男を目線で追いかけている事に気付いていたからだ。

「民宿［理久の浜］に長期滞在していた神奈川県に有る某大学の海洋研究者達だ、何回か顔を合わせている」

「海洋研究者か、何か不審な動きでもしていたのか？」

有馬が聞き返した。

「海洋研究者達は民宿の船を借り受けて海底ケーブル陸揚げ室の前当たりを調査しているのを度々目撃した、不審に思い民宿の事務所を訪問すると海底の様子や魚介類の写真等が飾られていた。従業員の方に誰が撮影したかと聞いたところ海洋研究者が撮影して飾って有るとの事だった、魚介類を捌いて標本などを造ったりしていたらしい、海洋研究者に違いないとは思うが」

斎藤は民宿を訪問した際特に不審な所はなかったと言い有馬先輩の顔を見た。

「やはり海洋研究者に違いないのか、しかし海底ケーブル陸揚げ室の前を調査していたというのも気になるな」

小林も海洋研究者に不審感を持ち出した様な事を言う。

「今回は何んの目的で来島して来たのだろうか？」

斎藤はこの様な事を呟き有馬先輩と小林に顔を向けた。

「先程レストランから我々を見ていたのは確か警察官だった様に思えたが」

課報員Aがマイクロバスを運転している社長に声をかけた。

「あの三人は警察官だ観光でもしているのだろうよ、余り注視しない方がいい、注視するとかえって怪しまれる」

社長はハンドルを握りながら警察官がもし我々を不審に思っていたら既に職務質問を受けているはずだと考えている。

「出来るだけ早く盗聴器を回収して、新しい盗聴器を取り付けたいのですが船は空いていますか？」

諜報員Ａの問いかけにハンドルを握りながら
「船の予約はここ二・三日有りません、海が安定している今の内に作業を終えた方がいい、海が時化だすと四、五日は続きますから」

社長が盗聴器の回収を急ぐ様に促した、長引けば警察官から民宿が疑われ民宿の経営に影響が出るのを恐れたからだ。

「明日午前中に盗聴器の回収と取付を終わらせよう」

諜報員Ａが諜報員Ｂに向かい伝えるとＢが「そうしよう」頷いた。

「ところでお子様の入学式に出席できましたか？」

社長は以前作戦会議室で打ち合わせ中に諜報員Ａがお子様の入学式に出席したいと話していたの

を思いだし聞いてみた。

「何とか出席してあげる事ができました、ランドセルを背負い歩いている姿はまるでランドセルが歩いている様で可愛いものです」

「それは良かった」社長は子供を思う親の心情が解る思いで聞いていた。この様な会話をしている内にマイクロバスは民宿［理久の浜］の駐車場に滑り込んだ。


朝食後、海洋研究者二人がウエットスーツに身を包み長方形の箱が入っている黒い網の袋を手に下げ、首に水中カメラや水中電燈をぶら下げて海洋調査に出かける姿を従業員の島本が見ていた。

黒い網の中に箱が入っているのが解る、今回はあの箱をどうするつもりだろうか？　そんな思いを持ちながら朝食の後方付けを始めた。

海洋研究者の滞在期間は一週間と事務所の白いボードに記入されている。

二人は船を沖の方に操船してＧＰＳに記録している中継器の有る位置で停船してアンカーを投げ入れ船を係留した。

海は穏やかなうねりを見せている。

「今日は盗聴器の回収と取り付けだけにして帰ろう、警察官の動きも気になる」

二人は重りが付いたベルトを腰に巻き、盗聴器や取り付け用具が入る黒い袋を手に背中から海中に落ち一気に中継器迄辿り着いた。

二人は中継器に向き合うような位置をとり盗聴器の回収作業に取り掛かった、巻き付けていた樹脂の紐をナイフで切り覆い被せていたシートを剥すと黒色の盗聴器が姿を表した、表面に小さな貝類が付着し始めている。結束バンドを切り盗聴器を回収して新しい盗聴器を取り付けてシートで覆い樹脂のひもを巻き付けて作業を終えた。

お互いにＯＫのサインを出し合い海面に浮上を始めた頭上を体調三十センチくらいの魚の群れが通り過ぎた、ボラの群れの様だ。

二人は船上に這い上がり酸素ボンベを外して仰向けに寝転んだ。

「これで一段落か、後は此の回収した盗聴器を本部に渡すだけだな」、と言い諜報員Ｂに顔を向けた。

「本当に此の箱の中に本部が必要としている情報が記録されているのだろうか？」

「それは情報部でテストを行い確認済みだろうよ、そろそろ帰ろうか」

この日は白いクルーザーを花時名漁港の沖合で大きく反転させて理久の浜に船首を向けた、展望台を見上げたが人影は見当たらない警察官は来ていない様だ、二人は安堵した様な表情で小舟から砂浜に上がり宿泊棟に向かい歩き出した。

　従業員の島本はランチの準備中窓越しに海洋研究者達が帰るのを見ていた。今回は袋に箱のみが入っている様だ、魚介類は採取しなかったのかしら？　海洋研究者達は袋から採取した物を出す事も無く宿泊棟に入って行くのを島本は不審に思い見送った。

「盗聴器の回収取付は無事終わりましたか？」

　夜更けの作戦室で社長が二人を見ながら聞いた。

「あー無事回収、取り付けは終わりました」作戦室の金庫を開け回収した盗聴器を取り出して社長の前に置いた、長期間海水に浸かっていたせいか少し色あせしている。

　社長は此の盗聴器の中に本部が必要としている情報が記録されているのか？　と複雑な思いで盗聴器を持ち上げたが直ぐにテーブルの上に戻した。

「とりあえず一段落ね、お疲れ様です」女将は三人にビールを注ぎ喜んでいる様子でもなく少し暗い影が有る様な表情を見せた。

　テーブルには竹で編んだザルにスルメやお菓子が盛り付けられている、諜報員達はスルメをかじりだした。

「本部に連絡は取りましたか？」社長が尋ねた。

「本部に盗聴器の回収と新しい盗聴器を取り付けましたと報告は入れて有ります、引き取り方法に付いて以前話した鈴木夫婦から宿泊の予約が入ると思います」

「待つのみですか、それ迄どう過ごされますか？」

社長はもう海洋調査を装う必要は無いと思い尋ねた。

「本部から出来ればミサイル基地周辺の写真が撮れないかとの指示が有りましたが、不審がられるような行動はとるなと言われています、あくまでもこちらの判断に任せるとの事です、社長奄美大島周辺の地図は有りますか？　地形が知りたいので」

社長が事務所に行き地図を手に戻りテーブルに広げた。

諜報員Ａが徳之島から指で大島海峡を辿り瀬戸内町で指を止め再び指を動かし加計呂麻島を周回して徳之島に指を戻した。

「社長大島海峡を周回してくるのにどの位の時間がかかりますか？　できれば本部からの要望に応えたいのですが」

「たぶん十時間位はかかると思います、遠距離航海は今迄したことは有りませんが問題はないでしょう」

「出来そうですか、出来るので有れば任務を遂行しますと本部に連絡を入れておきます」

「問題は海の状態が安定していなければ危険が伴ないます、海が安定している今がチャンスです。海が時化だすと数日間は続きますから」

　社長は経験上春先の海の状態を見極めて断言した。

「社長、明日準備をして明後日午前六時半出航でどうでしょうか？」

「そうしますか、明日エンジンを点検をして燃料を補給しておきます」

　社長はミサイル基地周辺の写真撮影に複雑な思いを抱いたが、それ程の重要な情報は得られまいと思い、ここまできたらやるしかないと覚悟を決めた。

　社長と女将が外に出ると満月の月がこうこうと砂浜を照らしていた。

　従業員の島本は軽乗用車で峠の下り坂に差し掛かりると早朝の海に眼を移し「おや」独り言を呟いた、丁度民宿の白いクルーザーが白い波を立て沖の方に航海を始めていたからだ、今日は釣りをするお客様の予約は無いはずだがと思い何処に行くのだろうか？　首を傾げ事務所に入った。

斎藤は署定例会議に行く途中花時名展望台に登り理久の海を見下ろしていた、春の海は陽光に輝き緩やかなうねりを見せている。

民宿所有の白いクルーザーの姿は見えない、お客様を釣りに案内しているのだろうか？　そんな事を思い展望台を後にして署に単車を走らせた、有馬先輩は所用の為少し遅れるとの連絡を受けている。

定例会議が始まり先輩駐在官の報告が終わると

「次、花徳駐在官報告をして下さい」

司会官から花徳駐在所管轄内で諜報員の潜入に対して得た情報が有れば報告する様にと促された。

「花徳駐在所管轄内に置いて、特に注視しているのは民宿［理久の浜］に滞在して居る神奈川県某大学に籍を置く海洋研究者二人の動向です、年明け早々から民宿に宿泊して海底ケーブル陸揚げ室の前当たりを船で海中探索している様な光景を何度も見ています、二人はいったん大学に帰ったのですが又来島し宿泊しています」

神奈川県某大学海洋研究者二人の動向を中心に一連の報告を終えた。

「花徳駐在官引き続き海洋研究者二人の動向を注視する様に」

署長からの指示が有り会議が終了した。

会議の後食堂に移動し弁当が支給された、斎藤は少し遅れて会議に出席していた有馬先輩の前に席を取り食事を始めた。

「斎藤その後海洋研究者二人の動向に不審な点はないか？」

有馬先輩も海洋研究者二人の動向に興味が有る様だ。

「会議に来る途中花時名展望台に登って見たのですが、民宿所有の白いクルーザーは出航したのか見当たりませんでした、海洋研究者が借り受けて遠方に出たのか？　魚釣りのお客様を御案内しているのか？　不審に思いましたが」

「早朝から白いクルーザーは出航したのか気になるな」

斎藤と有馬先輩は海洋研究者二人の動向を気にし昼食を終えた。

午後から射撃訓練が有り射撃訓練場に移動した、署では年何回か会議の後射撃訓練を実施している。

斎藤は厳重に管理されている射撃訓練所に入り管理官から拳銃の点検を受け、実弾二十発を受取り耳栓をして指定の射撃位置に立った
奥の射撃位置に有馬先輩が立ち射撃を始めていた。

十メートル先に直径十センチ、二十センチ、三十センチの丸い円が描かれている標的が板に張り付けられ立てて有る。

斎藤は拳銃を右手に持ち左手を添えて狙いを定め引き金を引いた
パーン耳栓越しに低い音が聞こえ弾丸が丸い円の真ん中を撃ち抜いた、元来斎藤の射撃成績は悪く無い。

片手射撃等を織り交ぜて支給された実弾を撃ち尽くし、ほぼ全弾標的の円内を打ち抜いていた。

先に実弾射撃を終えた有馬先輩が斎藤の側に来た。

「斎藤、射撃の腕は大したもんだな、ほぼ真ん中の円を撃ち抜いていたじゃないか」

有馬先輩が斎藤の射撃の腕をほめてくれた。

民宿の社長が操船する白いクールザーは大島海峡に入り加計呂麻島の生間港に滑り込んで岸壁に停船した。

生間港には漁船や古仁屋行きのフエリーが停船している、別に生間港に用事が有る訳では無いが怪しまれない様にする為だ。

三人は岸壁に上がり奥の方に有るレストランで昼食を済ませた。

「大島海峡は複雑に入り込んでいて軍港に適した地形の様だな」

諜報員Aが操船している社長に話し掛けたりしている内に古仁屋港の沖に来た、港内に白い巡視船が二隻停泊しているのが見えた。

山頂にレーダーらしき鉄塔が数か所有り、ミサイル基地が近くに展開されているのを感じる、諜報員Bが望遠レンズを付けたカメラで付近の撮影を始めた。

「ミサイル基地はどの辺りだろうか？」

「多分あの山の向こう側にカムフラージュされて展開しているだろうな」

「ドローンを飛ばしてみるか」

「さすがにそれはまずい、直ぐに見付かってしまう、止めておこう」

三人がこの様な事を話していると、突然後ろの方からマイクで
「白いクルーザー停船してください、こちら海上保安庁巡視船です」

呼び掛けに振り向くと巡視船が後ろに付いて来ていた。

漁船で無く白いクルーザーの為怪しまれたか？　三人は緊張した。

諜報員Bが素早くカメラを鞄に仕舞い込んで隠した。

「此処で何をされているのですか？」巡視船が横付けして隊員が質問してきた。

「徳之島で民宿［理久の浜］を経営しています、こちらの二人は海洋研究者で生間港に用事が有り来ました、これから徳之島に帰るところでです」社長が隊員の質問に応答した。

「此の海域は重点警戒区域です、速やかに退去して下さい」

隊員が退去する様に命じ巡視船が離れた。

社長が操船する白いクルーザーは加計呂麻島を周回する様に大島海峡を抜け、外洋に出て船首を徳之島に向けた。風が出てきたのか時化だしてきている。

斎藤と有馬先輩は署の定例会議を終え帰る途中花時名展望台に登った、朝見た海は凪いでいたが風が出てきて時化だしてきたのか白い波を立てている。

トンバラ岩山の方を見ると白い船が夕陽を浴び船体を揺らしながら航海している、理久の浜を目指している様だ。

「先輩あの白い船は民宿の船の様ですね、朝は無かったのですが」

「民宿の船だろう、長時間釣りのお客様を案内しているのだろうか？」

有馬は釣り客の案内にしては長時間過ぎるなと思った。

「まさか、大島海峡に入り瀬戸内町を見て撮影し、加計呂麻島を周回して来たのではないだろうか？」

「海洋研究者が諜報員なら充分考えられれるな」

「今度の来島の目的は何だろうか？　単なる海洋研究とも思えないが、先輩はどう思いますか？」

斎藤は今度の来島目的は海洋調査以外の目的が有る様に感じていた。

「もし斎藤が言う様に海底ケーブルに盗聴器を取り付けたので有れば盗聴器の回収が目的かも知れないな、海洋研究者の動きは要注意だな」

二人はこの様な憶測をし夕暮れ時の展望台を後にした。

第七章　職務質問　空砲

斎藤が夕食を食堂［潮風］からお気に入りの角煮定食を出前で取り寄せ、ニュースナインを見ながら夕食を終え、風呂に入り寝巻に着替えてくつろいでいると電話が鳴った。

「はい花徳駐在所です」

「駐在さんですか、民宿［理久の浜］の島本です」

「あー島本さんどうされましたか？」要件を訪ねた。

「宿泊している海洋研究者の動きが変なんです」

少し緊張気味な島本さんの声に何事が起きているのだろうかと思い

「海洋研究者の変な動きとはどのような動きですか？」

変な動きと聞き斎藤も又緊張気味に聞き返した。

「この前海洋研究者二人が海洋調査に行くと言い出かけた時、前回と同じ様に袋の中に長方形の箱の様な物が入っていたのですが、今回は海洋調査から帰った時、前回と違い長方形の箱のみが入っていて魚貝類や海藻は採取しなかったのか？　袋から出す事も無く部屋に戻ったものですから気になりお電話しました」

　島本さんは海洋調査から持ち帰った箱が気になる様な言い方をした。

「島本さん、先回は袋に長方形の箱を入れて海洋調査に行き、海洋調査から帰った時魚介類のみを持ち帰り長方形の箱は無く。今回は海洋調査に行く時長方形の箱入れて行き、海洋調査から帰って来た時に長方形の箱も持ち帰ったと言う事ですか？　海洋調査に出かけたにしては少し変ですね」

　斎藤も又海洋研究者に不信感を持った。

「島本さん今何処から電話を掛けていますか？」

「仕事から帰り家からお電話していますが」

　斎藤は島本さんが家から電話しているのを確認して

「島本さん又海洋研究者に変な動きが有れば電話下さい、その時は絶体に民宿からの電話は避けて下さい、島本さんに危害が及ぶ恐れがありますから」

　くれぐれもと念を押した。

　電話を終え島本さんが不信に思うと言う箱に考えを巡らせた。

「何の箱だろうか？」独り言を呟き、もしかして海底ケーブル盗聴器？　学生の頃に見た映画の事を思い出した。

　映画の内容はＩＴに詳しい元諜報員がグループを組み、国家の予算から太金をピンハネしている大手企業から金を霞め取る事を計画して、海底ケーブルの中継器に盗聴器を取り付暗号を抜き取り暗号を解析して、銀行口座番号とパスワードを割り出し、企業の銀行口座に侵入して大金を別の口座に送金して大金をせしめ取る内容だった。

「まさかその様な事が現実に起きる事はないだろう」窓越しに満点の星が輝く夜空に目を移した。

　斎藤は日報に島村さんから知らされた海洋研究者に不審な動き有りと記入して、署にも同じ内容をメールで報告した。テレビから沖縄の国際通りに有る貴金属店に閉店後強盗が押し入り店員を脅して三千万円以上の宝石や高級腕時計を強奪して逃走したとのニュースが流れた。最近グループを組み貴金属店に押し入りショーケースをハンマなどでたたき割り金属や高級腕時計などを強奪する荒っぽい犯罪が増ている。

　インターネットが普及しスマホを通じて簡単に闇バイトの募集に応じ、短絡的にお金を得ようとする若者が増えている現実がある。

闇サイトの規制を強化する必要が有るとのコメントをキャスターが出した。

飛行機、車、高速艇、交通機関の発達している今日、犯罪を犯して直ぐに遠方に逃走する事が可能だ、強盗犯が防犯カメラの設置の少ない漁港から船で逃走したのなら、徳之島に逃げ込んでくる事も予想されるか？　斎藤はこの様な事を考えながらニュースを見終えた。


「回収した盗聴器をを空港から持ち出すのは危険が伴なうから潜水艦で引き取るとの連絡を受けました、それで前に話した鈴木夫婦は来島しません」

民宿［理久の浜］の作戦室で諜報員Aが本部より受けた指示を社長と女将に伝えた。

「それで潜水艦は何時ごろ来るのですか？」

社長が困惑気味に聞き返した。

「潜水艦は明後日の土曜日、午後八時頃に前回と同じ地点で待機しているとの事です」

「今度の土曜日か、確か亀津町で闘牛大会が有り警察官は警備に動員されるはずだ」

社長は土曜日なら好都合だと考え、早く盗聴器が民宿から無くなり海洋研究者が大学に戻ってほしいとの思いに駆られた。

金曜日の夜又島本さんから電話が掛かってきた。

「駐在さん、海洋研究者の部屋に掃除で入った時に変なメモを見付けたものですからお電話しました」

「変なメモ用紙ですか？　どの様な事が書かれていたのですか？」

海洋研究者が電話を受けたか、パソコンを見ながら走り書きをしたのか？　と思いメモの内容を聞いた。

「土曜日午後八時、前前回と同じ地点潜水艦、と書かれていましたが」

潜水艦と聞き斎藤は緊張した・

「島本さん潜水艦の事は絶体に民宿では口に出さないで下さい、これは相当危険な事です。海洋研究者がプロの諜報員で有れば島本さんに危害が及ぶ恐れが有ります、繰り返しますが潜水艦の事は絶体に口に出さないで下さい」

厳重に注意して受話器を置いた。

斎藤は年明け早々夜釣りの時の事を思い浮かべた、何かが浮き上がる様な微かな音は潜水艦だったのか？　一瞬では有ったがライトに浮かんだ船影は民宿所有の白いクルーザーだったのか？　夜釣りから帰る途中民宿の新しい棟に灯が灯っていたのは海洋研究者が到着した日だったのか？　繋ぎ合わせてみると辻褄を合う。

翌朝「こちら花徳駐在所、指令部応答願います」

「こちら指令部、花徳駐在所どうぞ」

「昨夜民宿［理久の浜］に滞在している海洋研究者に今日夕刻に不審な動きが有るとの情報を得ました。応援を要請します」

単独行動は慎む様にと指示を受けていたからだ。

「今日亀津で闘牛大会が有り応援は送れない、松原駐在官を応援に行かせる、単独行動は慎む様に。以上」

「了解」斎藤は指令部に連絡を入れた後地図を広げた。

地図を見ながら、どの場所でどのタイミングで職務質問を行うか？ 考えを巡らせた。民宿内で職務質問を行うのは従業員や宿泊客に危害が及ぶ恐れが有る、やはりカマチェ浜と理久の浜の間に有る岩場に身を隠して海洋研究者が白いクルーザーに乗り込む為砂浜に出て来た所で職務質問を行うのが最良と判断した。

斉藤は夕刻五時過ぎに花時名集落の浜に近い民家に単車を置かせて貰いカマチェ浜をゆっくりと

歩いて、理久浜との間に有る黒い岩場身を隠して民宿から浜に出る木間旺の小道を凝視した。

夕闇が迫ろうとした頃、小道から海洋研究者が鞄を手に下げ出て来て小舟を出して白いクルーザーに乗り移り、エンジンをかけてまた小舟に乗り移り民宿に引き返した。

「こちら花徳駐在所、指令部応答願います」

「指令部です、どうぞ」小林の声だ。

「民宿の海洋研究者が動き出しました、松原駐在官に海底ケーブル陸揚げ室の横で海洋研究者が砂浜に出るのに備える様に連絡を取って下さい」

「指令部了解、松原駐在官に指示します」

小林の声も緊張気味に聞こえた。

斎藤は少し離れた赤い色をした岩迄小走りに移動して身を隠し拳銃を抜いて弾倉を確認しホルダーに押し込んだ。

有馬も拳銃を抜いて弾倉を確認し砂浜に通じる木間旺の小道を睨んでいる。

辺りが暗くなりかけてきた頃海洋研究者二人と女将が小道から砂浜に出て来た、海洋研究者一人が手にアタシュヶースを下げている。

斎藤は岩陰から出てゆっくりと三人に近ずいた。

「花徳駐在所です、沖縄で起きた宝石店強盗犯が船で逃走したとの連絡が有り警戒しています職務質問に御協力をお願いします、すみませんが念の為そのアタッシュケースを開けて下さい」

二人の男が鋭い視線を斎藤に向けた。

斎藤が更に近ずいて行くと突然然女将を羽交い締めにして拳銃を空に向け発砲した、バシー低い音と共に銃口から閃光と白い煙が出た、消音銃の様だ、男は拳銃を女将の頭に当て「来ると女将を撃つ」と大きな声を出してジリジリと後ず去りして行く、斎藤は女将の安全を考えて拳銃のホルダーに手を当てたまま身動き出来ない、そこえ有馬先輩が
「どうしたー」叫びながら飛び込んで来た。

再び銃口が有馬に向かいバシー低い音と共に閃光が飛んだ、有馬は反射的に横に転がり拳銃を抜いて両手で握り男にジリ寄って行くが人質が居るのに気付き発砲出来ない。

斎藤は横の岩に飛び込み拳銃を抜いた、そこに有馬が拳銃を手に飛び込んで来たと同時にバシー閃光が二発飛んだ、男は女将を羽交い締めにしたまま小舟に乗り込もうとしている
「先輩撃ちますか、照準は付けました射程内です」

有馬先輩に呼びかけた。

「斎藤撃つなあれは空砲だ、実弾なら俺は一発目でやられていた、奴らに人を殺傷する意図は無い、人質を危険にさらすわけにはいかない」

そう言えば奴は斎藤に二発撃ってきたが岩に当たった形跡は無い。

斎藤は拳銃を構えたまま「待てー」小舟に向かい走った、ボートに乗り込んだ男が又銃口を斎藤に向けバシー閃光が飛んだ、男達は女将を人質に取ったまま白いクルーザーに乗り移りエンジンを全開にして速度を上げ暗闇の沖に消えた。

「こちら花徳駐在所、指令部応答願います」斎藤は緊張した声で指令部を呼び出した。

「こちら指令部、どうしたー」小林も何かを察したのか緊張している様だ
「民宿に宿泊している海洋研究者が女将さんを人質に取り船で逃走した、多分海洋研究者を名乗る二人は某大国の諜報員だと思われる。花時名漁港の遥か沖合で潜水艦と合流するはずです、ヘリコプターと巡視船の出動を要請して下さい、以上」

「指令部了解」

斎藤は早口で状況を指令部に連絡した、横で有馬先輩が拳銃を手に下げたまま暗闇の沖を見つめ

ている。

異変に気付いたのか従業員の島本さんや他の人達が砂浜に出て来た。

「駐在さん何か有りましたか？」

島本さんが怯えた様な表情で聞いてきた。

「女将さんが海洋研究者に連れ去られた、あっと言う間の出来事だった」

斎藤が女将さんが海洋研究者に人質に取られ逃走された現実の状況を端的に伝えると皆は立ち竦んで暗い海を見つめた。

島本さんが震えながら斎藤を見て

「やはり海洋研究者はあの箱を持ち出す為に来島したんだわ」

「島本さん、この前不審に思うと話してくれていた箱の事ですか？　後で詳しく聞かせて下さい、海洋研究者もお女将さんに手荒な真似はしないと思います」

「斎藤、海洋研究者が宿泊していた部屋を保全しよう」

有馬駐在官に促されて民宿に戻った。

丁度そこえお客様空港迄送り所用を済ませた社長が帰って来た。

「こちら指令部、花徳駐在所応答願います」

斎藤の無線に呼出しがきた。

「花徳駐在所です、どうぞ」

「人質を取り逃走した犯人が向かったと思われる地点はどの辺りと思われますか、どうぞ」

「多分花時名漁港のかなり沖合だと思われます、以前夜釣りをしていた時に不審な事を目撃しています、どうぞ」

「了解、今瀬戸内町のミサイル基地からヘリコプターと巡視船が救出に出動した」

「此れから捜査員がそちらに向かう、犯人が宿泊していた部屋を確保して下さい、以上」

社長は斎藤の無線に鋭い視線を向けていたが斎藤が歩み寄ると表情を変え「何か事件が有りましたか？」心配する様に尋ねた。

「詳しくは事務所でお話しします、皆さんは部屋にお帰り下さい」

「社長、女将さんが海洋研究者二人に拉致されました、今自衛隊のヘリコプターと巡視船が救出に向かっています」

斎藤は出来るだけ手短に女将さんが拉致された事を伝えた。

「家内が拉致された？　どう言う事ですか？」

社長が声高に状況を訪ねた。

「沖縄で起きた宝石店強盗事件の犯人が船で逃走したとの手配が有り不審船がい無いか海岸周辺を警戒していました」

「沖縄の宝石店強盗事件の事ですか？」

社長も事件の事はニュースで知っている様だ。

「丁度女将さんが海洋研究者と一諸に砂浜に出て来た所に出合いました、海洋研究者一人がアタシュケースを手に下げていましたので中身を見せる様に職務質問した所、女将さんを羽交い締めにして発砲し女将さんを人質に取り船で逃走.しました」

「まさか海洋研究者が発砲したんですか、家内は無事だろうか？」

社長は声を震わせながら斎藤を見つめた。

「発砲はしてきましたが空砲の様でした、女将さんに危害を加えるような事はないとは思いますが？」

斎藤は起きた一連の事を社長に手短く伝えた。

「無事だといいのだが？」社長が小さく呟いた。

「間もなく捜査員が来ます、それまで海洋研究者が宿泊していた部屋は警察で確保します、誰も入れないで下さい」

海洋研究者が宿泊していた新しい棟の入口に有馬駐在官が立ち部屋を保全していた。

沖の方からヘリコプターと思われる音が微かに聞こえてきた、斎藤が暗闇の沖の方に視線を移すと、ライトを海面に向けゆっくりと移動しているのが見える、ヘリコプターが白いクルザーを捜索しているのだろう。

程無くサイレンを鳴らしパトカーが民宿に滑り込んで来て停車し捜査員二人が降りて来た、斎藤と有馬は敬礼して出迎えた。

「花徳駐在官、女将さんが拉致された状況を説明して下さい」

角刈りに太い眉毛、四十過ぎの捜査官が斎藤に説明を求めた。

もう一人の捜査官は捜査令状を社長に見せ海洋研究者が宿泊していた部屋に入り捜査を開始した。

海洋研究者は衣類などを残していた、民宿に戻るつもりだった様だ
「この黒い箱は何だろうか、重たいが電子機器だろうか？」

捜査官は海洋研究者の衣類やパソコン、黒い箱をダンボール箱に詰め「社長、海洋研究者が残し

たものは証拠品として警察が押収します、後で色々お聞きする事になりますのでご協力をお願いします。女将さんが無事救出されたら良いのですが」

　捜査官二人も暗い海の沖を見つめた。

　ヘリコプターの操縦士は二十メートル位の高度をサーチライトで海面を照らし白いクルーザーを捜索している、海は穏やかだ、突然前方のライトの中に白い船影が浮かび出た。

「此の船に間違い無い」操縦士が二人の隊員に叫んだ。

「もう少し船に近付けてくれないか」

　双眼鏡で捜索していた隊員が操縦士に指示を出した。更に船に近付けて行くと操舵室に居た人がヘリコプターに気付いたのか立ち上がり両手を振っているのが確認できた。

「両手を縛られている様だ」双眼鏡で見ていた隊員が叫んだ。

「こちらヘリ、本部応答願います」「こちら本部、ヘリどうぞ」

「徳之島母間地区沖合で船を発見しました、拉致されたと思われる人が両手を縛られている様です、他に人影は見当たりません、指示をお願いします」

「了解、暫く待つ様に」暫く沈黙した後「船に降下できますか？」

「降下は可能です」

「船に降下して拉致された人を救出して船を徳之島の亀徳港に回漕して下さい、徳之島署にはこちらから連絡しておきます、以上」

「ヘリ了解、これから降下します」

操縦士は慎重にヘリコプターを船の上に飛行させホバーリングを始めた。

一人の隊員がロープを使い降下を始めた、幸い海は穏やかにうねり風もない。

隊員が狭い船に降り立ちロープを外して操舵室に入っると女性が両手を縛られ立ち竦んでいた。

「自衛隊員です、大丈夫ですか？」

隊員が女性に声をかけ縛られていたロープをナイフで切った。

「有難うございました、助かりました」女性は憔悴しきった様な表情で隊員に頭を下げた。

「船をこれから亀徳港に回漕します」

女性に告げエンジンを起動させた、エンジンに異常はない様だ。隊員はナビに亀徳港を打ち込んだ。

ヘリは暫く船の周りを旋廻していたが機首を基地に向けた。

「本部、こちらヘリ、人質を救出し保護しました船は亀徳港に向かっています、本機これから帰還します」

「本部了解、お疲れ様帰還して下さい」

「こちら指令部、花徳駐在所応答願います」斎藤の無線に呼び出しがきた
「花徳駐在所です、どうぞ」

「今自衛隊から女将さんを無事救出保護し、船を亀徳港に回漕するとの連絡が有りました、徳州会病院に保護します。民宿の社長に徳洲会病院に来る様に指示して下さい。今夜は松原駐在官と民宿の警備に当たる様にとの指示が出ました、以上」

「社長、女将さんは自衛隊員が無事救出保護しました、直ぐに徳洲会病院に行って下さい」

「無事だったのか、直ぐに家内の着替えを用意して徳洲会病院に向かいかいます、島本さん後を頼みます」

社長は安堵した表情を浮かべ着替えを用意してジープで徳洲会病院に向かった。

「駐在さん海洋研究者が持ちだした黒い箱は何んなのでしょうか？　箱は長い間海に浸かっていたと思いますが」島本が斎藤に尋ねた。

島本は黒い長方形の箱らしき物を見ているだけに気になるのだろう。

「有馬先輩は何だと思いますか？」

「海洋研究者がボックスに研究データーのみが入っているので有れば何も女将さんを人質に取り逃走する必要は無いと思うが？　斎藤はどう思う？」

「確かに海洋研究のデーターのみが入っているので有れば職務質問に応じてアタシュケースの中を見せるはずだが。今迄海洋研究者が乗っていた白いクルーザーを見張ってはいたが最初から海底を探索している様な動きだった、それも海底ケーブル陸揚げ室の前の方をジグザグ運航していた、今考えると海底ケーブルを探し出して何かを取り付ける為だったのかと思います」

「海底ケーブルに何かを取り付ける？」有馬先輩が聞き返した。

「海底ケーブルの中継器を見付けて盗聴器を取り付け情報を記録させて盗聴器を回収する、そう考えると海洋研究者を名乗る諜報員が再度来島し民宿「理久の浜」に宿泊したのと辻妻が合う」

斎藤は海洋研究者達は、最初から海底ケーブル中継器に盗聴器を取り付ける目的で来島したと確信した。

「映画の様な事が現実に起きたと言う事か」有馬が呟いた。

「駐在さん、あんな小さな箱に三ヶ月間の情報が記録できるんですか？」

従業員の島本が斎藤に顔を向け聞いた。

「盗聴器には無数のマイクロチップが組み込まれ膨大な情報が記録できるはずです、捜査官が押収した機器を専門家が解体して機能を調べ明らかにするはずです」

斎藤は島本の質問に答えた。

とある日斎藤と有馬は徳之島署会議室に居た。他に署長、捜査官に通信会社の所長が同席していた。

「先ず民宿の女将さんが拉致された状況を説明して下さい」署長の指示に斎藤は、海洋研究者二人が船に乗る為女将さんを伴い海岸に出て来た所で職務質問を行い、手に下げていたアタシュケースを開けて中身を見せる様に要求したところ、突然女将さんを羽交い締めにして消音銃で発砲され、船で逃走されてしまった、一連の出来事を報告した。有馬も現場で起きた一連の出来事を報告した。

続いて捜査官が拉致された状況を女将さんから聞き取り調査した内容を報告した。

「海洋研究者二人を船迄送る為砂浜に出た所で、花徳駐在官から職務質問を受けた際、海洋研究者に突然羽交い締めにされ頭に拳銃を突き付けられ何が何だか解らないまま船に乗せられた、花時名漁港の遥か沖合辺りを漂流していたところに、潜水艦が浮き上がりライトで合図をしてきた、海洋研究者が女将さんの両手を縛り無言で潜水艦に乗り移って直ぐに潜航して消えた、年末に神奈川県某大学海洋研究者二人から長期宿泊予約が入り、特に不審な点は感じられなかったとの事でした」

　捜査官が女将より聞き取り調査した内容を署長に報告した。

「海洋研究者が在籍する神奈川県の大学に照会は取りましたか？」

　署長が捜査官の顔を見ながら聞いた。

「はい、某大学に在籍する海洋研究者の身元照会を神奈川県警に依頼しましたが、確かに海洋研究者と同姓同名の研究者は在籍していましたが、此の期間中に出張した記録は無く学生に講義を行い近郊の海岸で学生達を伴い魚介類を採取しているのを漁師さん達が目撃しています」

　捜査官が神奈川県警から届いた捜査内容を署長に報告した。

「それでは諜報員が神奈川県某大学研究員の名前を勝手に名乗って諜報活動を行なっていたのか？真犯人に辿り着くのに時間が掛かるか？」

　署長が天井を仰いだ。捜査官が押収した機器類から採取した指紋に犯罪歴は無いか照合しましたが犯罪歴は有りませんでした、と付け加えた。署長が押収した黒い箱の器機を手に取り通信会社の所長に渡して
「此の黒い器機は何だろうか？　逃走した犯人もこれと同じ物を持ち出したと思われるが」

「解体して調べてみないと解りませんが、恐らく海底ケーブルの中継器に取り付けて情報を抜き取る盗聴器かと考えられます」

通信会社の所長は黒い機器は盗聴器に違いないと判断した。

「多分前に取り付けた盗聴器を回収して新しい盗聴器を取り付けたと思いますが」

斎藤も諜報員の動きからこの様に断言した。

通信会社の所長が持参して来た海底ケーブル陸揚げ室周辺の地図を広げた。

斎藤が地図の海底ケーブル陸揚げ室前から指で沖の方に辿り最後は此の地点で水中探索を終えていますと指を止めた。

「此の辺りで海底ケーブル中継器を見付けて盗聴器を取り付けて情報を抜き取り回収し新しい盗聴器を取り付け逃走したのか？　至急海底ケーブルを調査して取り付けられていると思われる盗聴器を押収する必要が有る、所長直ぐに関係部署に連絡を取り対処して下さい、署も立ち合います」

署長が海底ケーブルの調査を要求した。

「はい署長、関係部署に連絡を入れ海底ケーブル敷設本部で対処してもらいます」

通信会社の所長もまさか海底ケーブルでこの様な盗聴が行われているとは予想もしていなかった

のだろう。

小林が休憩室に備え付けて有るコーヒーメーカーより紙コップにコーヒーを入れて斎藤と有馬先輩の前に置いた。

「斎藤、諜報員から銃口を向けられ発砲された時どの様に対処した？」

小林は斎藤が諜報員から銃口を向けられ発砲された時の心境が知りたいのだろう。

「職務質問をした時突然女将さんを羽交い締めにされ威嚇発砲されて女将さんの頭に銃口を当てられ人質に取られてしまい拳銃のホルダーに手を当てたまま身動きできないでいた、犯人とのにらみ合いの時間がすごく長く感じられた、そこに有馬先輩が駆け付けて来てくれた時我に帰った、喉が凄く渇いたのを覚えている」

斎藤が諜報員と対峙した時の心境を振り返った

「俺の場合は斎藤の元に駆け付けたと同時に銃口をむけられ発砲された、反射的に横に転がり拳銃を抜いて構えたが人質が居るのに気付き発砲できなかった、やはり斎藤と同じ様に喉が渇いた」

有馬先輩も斎藤と同じ心境だったと言う。

「やはり瀬戸内町のミサイル基地と沖縄の米軍ミサイル基地との連携情報を入手する為に来島し、民宿「理久の浜」を拠点に諜報活動を行い海底ケーブル中継器を捜し出して盗聴器を取り付けたのか、まるで映画の様な事が理久の海で起きていたのか、今後も海底ケーブル周辺地域は要警戒地区だな」

小林がコーヒーを飲み斎藤と有馬先輩を見た。


起立、敬礼、着席、号令下徳之島警察署定例会議が始まった。

「諸君も既に承知の通り、先月花徳駐在所管内の民宿「理久の浜」を拠点に某大国諜報員が海洋研究者を装い海底ケーブル中継器に盗聴器を取り付けて情報を抜き取り、回収して民宿の女将さんを人質に取り逃走する事件が発生した、幸い花徳駐在官、松原駐在官の適切な行動により女将さんは自衛隊により無事救出保護された事は先程花徳駐在官から報告が有った通りだ、この件に付いて何か質問は？」

署長は年頭訓辞で某大国諜報員の潜入に警戒する様にとの指示を出していた。

現実に某大国諜報員が潜入して海底ケーブルに盗聴器を取り付けて情報を抜き取り回収して逃走する事件が発生してしまった、署長にも戸惑いが有るのだろう。

松原駐在官が挙手して質問した。

「署長、諜報員が盗聴器を取り付けた目的は何が考えられますか？」

「目的は多分瀬戸内町のミサイル基地と沖縄の米軍ミサイル基地との情報連携性能を探るのが目的と推測される」

署長は瀬戸内町のミサイル基地と沖縄に展開している米軍ミサイル基地とはレーダーで捉えた敵国のミサイルや戦闘機、戦艦の情報を共有して防衛に当たるはずだと推測した。

「それでは諜報員が持ちだした盗聴器にかなりの軍事情報が記録されているわけですか？」

「詳しくは解らないが盗聴器から特殊な機器で情報を抜き取り解析すると思われる」

署長は有馬駐在官の質問に回答して更に
「近日中に通信会社と共同で海底ケーブル中継器から盗聴器を押収して、自衛隊の情報解析部に渡して解析を依頼する事になる。

この様に署長が付け加え会議が終了した。

斎藤は一階に下りて小林が書庫から出して来た地図を広げた。

鹿児島から奄美群島が連なり沖縄に続く、その先が台湾だ、斎藤が台湾を指さしながら
「某大国が台湾を併合した場合、某大国は念願の太平洋進出が容易になり西太平洋が某大国の支配下に置かれるのは明白だな」

この様な事を指摘した。

「某大国は台湾を併合する場合どの様な手段を使うのだろうか？」

小林が神経質そうに眉間に皺をよせ質問した。

「多分軍事力だろう、二〇一四年にロシアがクリミヤ半島に軍事侵攻してあっと言う間にロシアはクリミヤ半島を併合してしまった。核で脅してくるロシアに対して西欧諸国はロシアを阻止する事が出来なかった」

有馬先輩が某大国も台湾を武力で併合するはずだと断言した。

「軍事力を使えば双方にかなりの犠牲者が出る事になりますが？」

小林が多くの犠牲者を出してまで台湾の併合を急ぐだろうか？　とまた問いかけた。

「以前書籍で読んだ事が有るが、英国が香港を租借し統治していた。租借期間の九九年間の期限が迫り英国のサッチャー首相が時の中国の鄧小平に租借期限の延長を申し入れた。此れに対して鄧小

平がもし英国が香港を返還しないので有れば血が流れますよ、我が国にとって百万人位の血が流れるのは大した事ではないと応じ、サッチャー首相の顔から血の気が引き反論できなかった。この様な事が書籍に書かれていた」

有馬は書籍で読んでいた英国のサッチャー首相と中国の鄧小平との香港をめぐる外交交渉の歴史を斎藤と小林に聞かせた。

「それだけ某大国の軍事力と経済力が巨大化したと言う事だ」

有馬は真剣な顔で斎藤と小林を見て付け加えた。

一週間後、斎藤は花時名展望台に登り理久の沖合で通信会社の作業船に徳之島警察署員が乗り込み海底ケーブル中継器に取り付けられている盗聴器の押収作業を見ていた。

下に視線を移すと某大国諜報員が海洋研究者を装い諜報活動をしていた民宿［理久の浜］からサーフボードを担ぎサーファを楽しむ若者達が海岸に向かい歩いている。

今後離島でも人に危害を加えない情報の盗聴や、詐欺を目的とした犯罪組織が入り込んで来て活動する事件が増えるのではないかとの思いを強くした。

沖の水平線に視線を移すと加計呂麻島が横たわり、理久の海は穏やかにうねりを見せるのどかな奄美群島の風景だ。

加計呂麻島の向こう側瀬戸内町に展開するミサイル基地から敵機、敵艦目がけてミサイルが発射される日が来ない事を願うのみか。

薄い雲が流れる空を見上げた。

武山昭三（たけやま・しょうぞう）
１９４５年３月１０日　防空壕の中で生まれたと両親より聞く。
１９７２年３月　近畿大学理工学部機械工学科夜間部卒業。
２０１１年３月　定年退職し年金生活者になる。
２０２１年より小説を書き始める。

新米駐在官　狙われた海底ケーブル

2024 年 7 月 2 日　　第 1 刷発行

著　者 ―― 武山昭三
発　行 ―― 日本橋出版
〒 103-0023　東京都中央区日本橋本町 2-3-15
https://nihonbashi-pub.co.jp/
電話／ 03-6273-2638
発　売 ―― 星雲社（共同出版社・流通責任出版社）
〒 112-0005　東京都文京区水道 1-3-30
電話／ 03-3868-3275

ISBN 978-4-434-34094-9
落丁・乱丁本はお手数ですが小社までお送りください。
送料小社負担にてお取替えさせていただきます。